JEUNESSE

Collection dirigée par
Anne-Marie Villeneuve et
Marie-Josée Lacharité

Cantin et Isaya

TOME 2

Les
Cercles
d'Endée

Du même auteur chez Québec Amérique Jeunesse

SÉRIE CANTIN ET ISAYA
La Clef de voûte, tome 1, 2006.

Cantin et Isaya

Tome 2

Les Cercles d'Endée

Mathieu Foucher

QUÉBEC AMÉRIQUE jeunesse

Catalogage avant publication de Bibliothèque et Archives nationales
du Québec et Bibliothèque et Archives Canada

Foucher, Mathieu
Les cercles d'Endée
(Cantin et Isaya ; t. 2)
(Titan ; 80)
Pour les jeunes.
ISBN 978-2-7644-0625-0
I. Titre. II. Collection: Foucher, Mathieu. Cantin et Isaya ; t. 2. III.
Collection: Titan jeunesse ; 80.
PS8611.O834C47 2008   jC843'.6   C2008-941667-8
PS9611.O834C47 2008

 **Conseil des Arts
du Canada**   **Canada Council
for the Arts**

Nous reconnaissons l'aide financière du gouvernement du Canada
par l'entremise du Programme d'aide au développement de l'industrie
de l'édition (PADIÉ) pour nos activités d'édition.

Gouvernement du Québec – Programme de crédit d'impôt pour
l'édition de livres – Gestion SODEC.

Les Éditions Québec Amérique bénéficient du programme de subvention
globale du Conseil des Arts du Canada. Elles tiennent également à
remercier la SODEC pour son appui financier.

Québec Amérique
329, rue de la Commune Ouest, 3ᵉ étage
Montréal (Québec) H2Y 2E1
Téléphone: 514 499-3000, télécopieur: 514 499-3010

Dépôt légal: 4ᵉ trimestre 2008
Bibliothèque nationale du Québec
Bibliothèque nationale du Canada

Révision linguistique: Diane-Monique Daviau et Claude Frappier
Conception graphique et mise en pages: Karine Raymond
Illustration de la carte: Carl Pelletier

© 2008 **Éditions Québec Amérique inc.**
www.quebec-amerique.com

Imprimé au Canada

À Félix, le premier des plus petits.

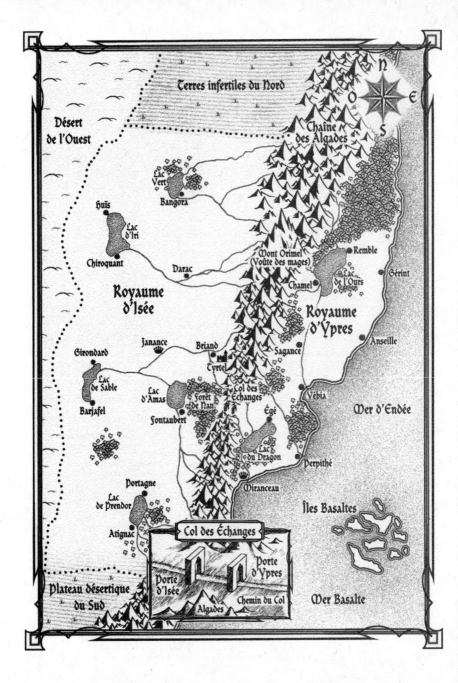

Prologue

À cette altitude, le froid était intense. Le vent, furieux, soufflait en direction de la petite tour de garde contre laquelle un immense amoncellement de neige s'appuyait. Cet avant-poste solitaire, perché au milieu des Algades, semblait avoir été construit par pur caprice. Ou peut-être encore dans le but de servir de châtiment aux militaires ypriens tombés en disgrâce. Quoi qu'il en soit, la tour était là, sur le toit des royaumes d'Isée et d'Ypres, à quelques centaines de mètres du sommet du mont Orimel.

À l'intérieur de l'avant-poste, six hommes se tenaient devant un foyer animé d'un feu de charbon. Au premier regard, on pouvait constater qu'il s'agissait de soldats d'expérience. Tous dans la trentaine, ils étaient de solides gaillards à l'aspect rude. Leur attitude indiquait qu'ils en avaient vu d'autres et que ce climat extrême, s'il leur déplaisait, ne les accablait pas. Chacun d'eux portait, sur le fourreau de son épée, un petit écusson qui l'identifiait comme un vétéran des campagnes menées par le trône d'Ypres contre les tribus basaltes, ce peuple vivant dans l'archipel au large du royaume.

Ces hommes aguerris faisaient visiblement partie de l'élite des régiments du roi Ignès Renart. Leur présence dans cet endroit peu hospitalier aurait d'ailleurs eu de quoi surprendre un observateur qui se serait présenté là par hasard. Mais étant donné l'isolement de la tour, il était peu probable que quiconque puisse remarquer l'étrangeté de ce détail... Il reste que la question demeurait pertinente : pourquoi poster de tels soldats dans ce lieu apparemment sans enjeu, à la fin d'une route inutile et, de surcroît, très difficilement praticable ?

Le capitaine Orchan de Vilar, qui commandait la petite garnison, était le seul membre de sa troupe à connaître l'importance de ce poste. Même si, à son avis, il s'agissait là de l'affectation la plus déplaisante qui pouvait être dévolue à un militaire, il admettait que le site avait une valeur stratégique cruciale pour le royaume d'Ypres. C'est du moins ce qu'il avait tenté d'expliquer à ses hommes, sans pour autant leur dire de quoi il retournait exactement... Ceux-ci, qui servaient avec lui depuis plusieurs années déjà, s'en étaient donc tenus à sa parole, mais le capitaine savait qu'ils grognaient sous cape. Et il ne pouvait le leur reprocher. Lui-même s'ennuyait ferme, loin de sa femme et de leurs quatre enfants.

L'officier soupira profondément et décida d'accomplir sa ronde de garde quotidienne : chaque jour, il lui incombait de procéder personnellement aux vérifications d'usage. Orchan de Vilar se leva donc à regret et s'éloigna de la chaleur du foyer. Se dirigeant vers des crochets sur lesquels étaient pendus de lourds vêtements de fourrure, il saisit son manteau et sa salopette en peau de mouton, s'emmitoufla, puis ouvrit la porte extérieure. Le vent entra dans le bâtiment en sifflant, entraînant un tourbillon de fins flocons de neige dans la pièce. Le capitaine fit deux pas en avant et referma la porte en luttant contre le courant d'air. Cela accompli, il se rendit dans une petite remise construite contre le flanc de l'édifice et y prit une paire de raquettes qu'il fixa à ses bottes.

Levant la tête, il embrassa alors le paysage du regard. La tour de garde était située sur un plateau de quelques kilomètres carrés et, à cause de la poudrerie constante en hiver, aucun sentier ne pouvait rester longtemps délimité. Retrouvant des yeux une faille dans la paroi qui, à neuf cents mètres de lui, se remettait à s'élever abruptement, il se dirigea vers l'ouest.

Le vent était particulièrement cinglant ce jour-là, ce qui fit pester l'officier. Le froid traversait son foulard et lui mordait le visage. La neige l'aveuglait. Et puis le manque d'oxygène à cette altitude transformait tout effort physique en corvée éreintante. Il ne serait pas mécontent de retrouver la chaleur et la quiétude de la tour. Avoir été désigné comme commandant de cette garnison était certes une grande preuve de confiance de la part de ses supérieurs, et une promesse d'avancement futur pour lui, mais dans les moments comme celui-ci, il aurait presque préféré rester capitaine jusqu'à la retraite plutôt que d'avoir à affronter ce climat exécrable…

Après une quinzaine de minutes de cette pénible avancée, Orchan de Vilar atteignit enfin la crevasse sur laquelle il avait pris repère. Celle-ci consistait en une faille de quelques mètres de largeur et d'une trentaine de mètres de hauteur. Une simple ouverture dans le roc obstruée par les glaces éternelles. Tout ce qu'il y avait de plus ordinaire en ces montagnes. Comme bien d'autres l'avaient fait avant lui, le capitaine passa une main sur la surface bleutée avant de hausser les épaules et de reprendre son chemin en sens inverse. L'aspect de la glace ne s'était pas modifié depuis la veille. Parfois, il se demandait à quoi cela rimait-il de surveiller ce lieu qui n'avait selon toute vraisemblance pas changé en près d'un siècle.

Maintenant qu'il retournait vers la tour et faisait dos au vent, l'officier sentit son agacement se dissiper un peu à l'idée de la promotion qu'il recevrait à la fin de son séjour dans ces damnées montagnes. On lui avait promis le grade de colonel et le commandement d'une garnison sur une des trois îles Basaltes soumises au contrôle d'Ypres. La belle vie, quoi ! Et la fortune. Tous savaient que s'il y avait un poste où l'on pouvait s'enrichir en ce moment, c'était bien celui-là. De retour sur le continent, ses poches seraient lourdes d'écus. Ces pensées le firent sourire.

Soudain, le fil de ses réflexions fut interrompu par un terrible craquement au loin, suivi d'un écho assourdissant. L'homme se retourna vivement. Son rythme cardiaque augmenta tandis qu'il scrutait la montagne avec intensité, aux aguets. Un autre craquement, plus fort encore, le fit sursauter. Une plaque de neige qui se brise sous son propre poids, près d'ici. Une avalanche ? Être surpris sur le plateau par une avalanche signifiait la mort : il n'y avait aucun endroit où s'abriter. Un troisième bruit de neige qui se déchire avec fracas. Cette fois, plus de doute : il devait regagner la tour. Maintenant.

Oubliant toute autre préoccupation, l'homme accéléra le pas du mieux qu'il put dans cette atmosphère rare en oxygène. Tout en avançant, il loua Orpan, le dieu des neiges, d'avoir fait en sorte que cet événement ne se produise qu'à ce moment, après trois mois passés en montagne. Si cela était survenu auparavant, alors que son corps n'était pas adapté à l'altitude, ses chances de s'en sortir auraient été beaucoup plus minces.

Les minutes qui suivirent s'étirèrent douloureusement. Orchan de Vilar ne se concentrait plus que sur sa course, consacrant toute son énergie à contrôler sa respiration et à résister au brûlement qui envahissait ses muscles sous l'effort. Rien d'autre ne comptait plus qu'atteindre la tour qui avait été conçue pour résister aux avalanches.

Derrière lui, tout à coup, l'homme entendit l'immense plaque de neige lâcher, puis le grondement de la déferlante. Il était déjà très près de l'édifice. Il arrivait. Un instant encore. Un dernier effort. Oui! Le capitaine s'engouffra vivement dans l'embrasure de la porte, qu'un soldat tenait ouverte pour lui. Exténué, il s'écroula sur le plancher de bois pendant que ses hommes refermaient l'entrée et la barricadaient. Quelques secondes plus tard, la tour vibrait sous l'impact violent de la neige. Le tonnerre du choc dura un bref instant, puis ce fut le silence.

Son sergent-major s'approcha de lui pour l'aider à enlever ses raquettes et à s'asseoir sur une chaise.

— Est-ce que ça va, capitaine? C'en était une grosse, cette fois. Une très grosse.

Orchan de Vilar n'eut pas le temps de répondre. Au-dessus de sa tête, la cloche d'alerte du poste d'observation retentissait. Fouetté par le timbre aigu de la sonnerie, il se leva et, surmontant sa fatigue et son essoufflement, courut jusqu'à l'escalier qui menait en haut de la tour. Derrière, ses hommes lui emboîtèrent le pas.

Lorsque le capitaine arriva dans l'observatoire vitré, le soldat de quart resta muet, ne pouvant que pointer devant lui de l'index, la bouche béante et l'air totalement abasourdi. L'officier porta son regard dans la direction indiquée par son subordonné. Sur le coup, il ne saisit pas de quoi il en retournait. Puis, il vit : la faille, dans la falaise, n'était plus obstruée par la glace et, en son centre, un portail doré étincelait sous la lumière du soleil ! Jamais il n'aurait imaginé assister à cela. Il avait peine à réaliser l'ampleur de cet événement. La porte de la Voûte des mages, ouverte ?...

1

Erreur et conséquences

Isaya se réveilla à l'aube, incapable de dormir davantage malgré l'épuisement qui l'accablait. Depuis que Cantin et elle étaient arrivés à Tyrtel, deux jours plus tôt, elle n'avait pas été en mesure de récupérer des épreuves qu'ils avaient dû affronter durant leur périple. L'anxiété l'avait confinée à l'insomnie. Elle avait passé les dernières nuits à tourner en rond dans sa chambre et à rouler dans son lit. On aurait dit qu'avec la Clef de voûte en sécurité, hors d'atteinte de son père et du marquis de Chamel, son inconscient avait donné champ libre à des peurs et à des incertitudes qu'il avait retenues jusque-là.

Persuadée qu'elle ne trouverait plus le sommeil, l'héritière de la Couronne d'Ypres se leva et se dirigea vers sa penderie. Comme elle n'avait pas pu apporter de bagages avec elle, la duchesse de Tyrtel avait recouru à la garde-robe de Khaya, la sœur de Cantin, et lui avait prêté plusieurs tuniques et pantalons. Khaya étant pensionnaire au collège de Darac, ces vêtements ne lui manqueraient pas d'ici à son retour, avait expliqué Amna de Tyrtel. Entre-temps, on ferait confectionner à Isaya des habits à sa taille. Même si la princesse reconnaissait que les pantalons qu'on lui avait remis étaient utiles pour circuler à l'extérieur, dans le froid, elle ne s'était toujours pas faite à cette mode vestimentaire. En terre d'Ypres, les femmes portaient des jupes ou des robes et les hommes des kilts ! Qui plus est, les pantalons étaient réservés aux gens du commun, aux ouvriers et aux paysans !

Parmi les éléments qui, dans son nouvel environnement, contribuaient à la rendre mal à l'aise, il y avait aussi la question de la langue. Personne, ici, ne parlait yprien à part Cantin, sa famille et quelques nobles proches de ceux-ci. Elle devait donc souvent se résoudre à communiquer à l'aide de mimiques, ce qui était dur pour son amour-propre. Cela mettait en outre en lumière le nœud du problème : Isée était un lieu étranger, voire hostile pour un Yprien. Avait-elle fait un bon choix en venant se réfugier ici ? Seul l'avenir le dirait et cette incertitude l'angoissait, la taraudait...

Après avoir revêtu une tunique vert forêt à manches amples et un pantalon de cuir brun, Isaya quitta ses appartements et se mit à déambuler dans les corridors du château de Tyrtel. Même si l'endroit n'avait pas le faste du palais royal d'Ypres, elle devait reconnaître que l'élégance chaleureuse de la décoration rendait cet espace plaisant à habiter. Les superbes tapisseries qui ornaient partout les murs, en particulier, étaient douces au regard. Toutefois, malgré les améliorations qui avaient été apportées, malgré les éléments de confort ajoutés au cours des siècles, il demeurait que la citadelle de Tyrtel, tel que son nom l'indiquait, avait d'abord été conçue comme une forteresse destinée à bloquer l'accès au nord-est du royaume d'Isée. Et cette perspective militaire transpirait à travers tous les détails architecturaux.

Parvenue à une terrasse vitrée d'où elle pouvait observer la grande place du château fort, Isaya vit que la neige qui tombait depuis une heure n'avait pas atténué l'agitation marquée régnant sur celle-ci. Des charrettes pleines de victuailles l'engorgeaient. Il y avait aussi nombre d'hommes près de leurs chevaux, et d'autres à pied. À mesure que les officiers et les soldats chargés de gérer ces arrivées indiquaient aux nouveaux venus où se rendre, d'autres pénétraient dans l'enceinte fortifiée.

Même si elle les savait inévitables, ces préparatifs furent loin de plaire à Isaya. Éloi et Amna de Tyrtel n'avaient pas le choix : ils avaient rappelé sous les drapeaux les miliciens du duché et avaient ordonné la mise en œuvre de plans d'urgence centenaires. Partout dans la région, on remettait en branle la vieille machine de guerre d'Isée. Et cette idée glaçait l'adolescente d'effroi : Isée et Ypres étaient bel et bien au bord de la Septième Guerre.

— Ah ! Isaya ! Tu es ici. Je te cherchais…

La princesse fit volte-face et aperçut Cantin. Heureuse de voir un visage ami, elle lui sourit. La présence du garçon avait quelque chose de rassurant, puisque Isaya ne doutait pas de sa volonté de se battre à ses côtés pour concrétiser la Grande Réconciliation.

— …mon père nous demande à son cabinet ! s'exclama-t-il aussitôt, incapable de contenir sa joie. Et je sais pourquoi ! C'est Zarco ! Il est arrivé ! Et il a ramené Yrabelle avec lui !

Le visage d'Isaya s'éclaira. Yrabelle ! Zarco avait réussi ! Elle sentit ses épaules s'alléger d'un poids : sa jument était sauve, et le garçon aussi… Comme Cantin, Isaya avait craint que ce dernier ne soit pris par les hommes de son père et du marquis de Chamel, qu'il devienne un otage dans le conflit qui se dessinait entre les royaumes d'Ypres et d'Isée. C'est donc avec un enthousiasme évident qu'elle suivit Cantin. Une bonne nouvelle, enfin… Avec un pincement au cœur, elle se demanda si ce serait la dernière avant longtemps.

▲ ▼ ▲

Arrivé dans la section de la citadelle qui servait de siège à l'Administration du duché, Cantin traversa le hall public et se dirigea directement vers le cabinet de son père. Dans sa hâte, il franchit l'antichambre en un éclair et entra sans même cogner, suivi de près par Isaya. Une fois à l'intérieur, il parcourut la pièce des yeux. Zarco était assis près de l'âtre, dans un canapé bleu marine, et semblait en pleine forme, quoiqu'un peu fatigué. Cantin fut étonné d'apercevoir son oncle, le vice-roi, à la droite du garçon, mais il était si heureux de revoir Zarco qu'il ne porta pas attention à Ignace de Bajafel et fonça vers l'adolescent. Celui-ci se leva à son approche et les deux frères s'embrassèrent vigoureusement, s'envoyant mutuellement plusieurs tapes dans le dos.

— Je suis si content que tu sois là ! Comment vas-tu ? Comment ça s'est passé ? Comment as-tu fait pour traverser la frontière ? s'écria Cantin d'un même souffle.

— Vous pourrez vous raconter tout cela plus tard, intervint à cet instant le duc Éloi de Tyrtel d'un ton grave, coupant court à leurs effusions. Pour le moment, il nous faut discuter.

Cantin se retourna et observa son père. Il était assis avec sa mère sur le canapé qui faisait face à celui de Zarco et du vice-roi. Les trois adultes avaient l'air sérieux et préoccupé. Cela rappela au jeune homme la dernière fois que ses parents l'avaient convoqué… C'était à peine deux semaines plus tôt… Ils lui avaient alors annoncé qu'il devrait s'exiler dans le royaume d'Ypres pour marier une princesse, une inconnue, Isaya… Instantanément, Cantin sentit ses muscles se raidir, comme pour se préparer à encaisser un coup.

— Assoyez-vous, les enfants, ordonna Amna de Tyrtel en indiquant des sièges libres. Yvel, va chercher monsieur de Conti, s'il te plaît, ajouta-t-elle à l'adresse d'un valet qui se tenait près de l'entrée du cabinet.

Presque aussitôt, le professeur de langues de Cantin pénétra dans la pièce, tandis que le serviteur se retirait en fermant la porte derrière lui. Le nouvel arrivant était un homme dans la soixantaine aux joues creuses et aux mouvements saccadés. Il portait la longue soutane noire des érudits de la Clef, la branche de l'ordre de la Clef qui s'appliquait à l'enseignement et à la réflexion savante. Sur sa poitrine, on pouvait remarquer une broderie dorée représentant une plume surmontée d'un « R » stylisé. « R » pour « rédemption », se remémora Cantin. Une référence directe aux horreurs commises lors de la Sixième Guerre, une volonté de se racheter aux yeux des dieux.

— Bonjour Monsieur de Conti, fit la duchesse. Comme je vous l'ai déjà expliqué, la princesse Isaya d'Ypres ne comprend que très peu notre langue. Je vous ai donc fait venir afin que vous lui serviez d'interprète. Il sera plus commode de traiter de sujets aussi sérieux dans nos langues maternelles respectives. Avant de débuter, je tiens toutefois à vous répéter que rien de ce qui sera dit ici aujourd'hui ne doit transpirer. J'ai votre parole : vous n'êtes admis ici qu'à titre de traducteur et devrez garder sous silence toute information que vous apprendrez.

Le religieux opina de la tête, puis adressa quelques mots à Isaya en yprien. Lorsque la jeune fille comprit qu'on lui avait trouvé un interprète, elle se sentit un peu moins démunie : elle pourrait participer à la discussion sans difficulté. L'adolescente était d'autant plus soulagée que, selon ce qu'elle percevait de l'attitude des adultes qui l'entouraient, ce qui allait suivre serait très important.

Comme à chaque occasion où elle les avait rencontrés jusqu'à présent, Isaya regarda les parents de Cantin avec une pointe de jalousie dans la poitrine. Son compagnon était vraiment chanceux… En effet, contrairement à la reine d'Ypres, sa propre mère, qui était plutôt hautaine et froide, la duchesse Amna Plantagenais de Tyrtel dégageait, malgré son aura d'autorité et son port royal, une impression de bienveillance et de bonté. Quant au duc, un homme au sourire franc, il était tout en nuances et en délicatesse. Rien à voir avec Ignès Renart d'Ypres, ce rustre à œillères.

— Bon, Ignace, maintenant que les enfants sont ici, peux-tu nous raconter de quoi il s'agit? Pourquoi tenais-tu absolument à ce qu'ils soient là? demanda la duchesse, visiblement agacée par tant de cachotteries.

L'intonation cassante de sa mère étonna Cantin puisqu'elle et son frère cadet s'entendaient d'ordinaire à merveille. Cela était peu rassurant pour la suite… Et le fait que la duchesse ne soit pas au courant du sujet de la rencontre augmentait sensiblement ses craintes. La gorge serrée, l'adolescent se demanda quelle bombe son oncle, qui n'était pas réputé pour être l'homme le plus doux, ni le plus diplomate, allait bien pouvoir lâcher. Cantin avait encore, fraîche à sa mémoire, la conversation durant laquelle il lui avait annoncé que son mariage n'avait pas seulement été devancé de deux ans, mais qu'il aurait lieu dans l'heure suivante…

Ignace de Barjafel se racla la gorge, puis se lança :

— Je sais que tu tiens à les protéger, Amna, mais je crois sincèrement qu'ils doivent connaître la situation. Personne ne peut nier qu'ils soient directement concernés. Quant à leur mariage précipité, tu ne peux pas m'en vouloir. Tu sais qu'il s'agit d'une décision unanime du Conseil royal d'Isée…

— Prise en mon absence et sans mon aval! répliqua la duchesse en croisant les bras.

— Nous pensions que ce choix s'imposait… Quoi qu'il en soit, je crois qu'il nous faut maintenant passer à autre chose. Nous ne devons pas nous entredéchirer. Les circonstances sont trop graves.

Amna de Tyrtel hocha légèrement la tête, concédant ce point avec réticence. Son frère continua :

— Même si je persiste à croire que ce que Cantin, Zarco et Isaya ont fait pour mettre la Clef de voûte en sécurité était dangereux et irresponsable, je dois néanmoins admettre qu'ils ont sauvé la situation. Sans eux, Ypres serait déjà entré en possession de la Clef et les événements auraient pris une tournure presque désespérée. La Grande Réconciliation ne serait plus qu'un rêve impossible.

Le vice-roi s'arrêta un instant et scruta un à un les trois adolescents, l'air sévère.

— Il demeure, dit-il à leur intention, qu'une telle conduite ne doit plus jamais se reproduire.

Cantin soupira. Encore un sermon… Depuis deux jours, ses parents lui rebattaient les oreilles avec leurs reproches. Ils n'auraient pas dû agir sans en parler à son oncle, ce qu'ils avaient fait était très risqué, ils avaient été chanceux d'en sortir en vie… Cantin avait entendu toutes les variantes sur ce thème. En finiraient-ils un jour ? Son oncle ne venait-il pas d'admettre qu'ils avaient pris la bonne décision ?

— Heureusement que j'ai fait confiance à mon intuition, reprit Ignace de Barjafel. Me doutant qu'ils ne se seraient pas lancés à l'aventure sans que leurs soupçons à propos du vol de la Clef de voûte soient sérieux, j'ai fait mine de considérer leur fuite comme une simple fugue et je suis parti à leur poursuite avec le capitaine de la garde royale d'Ypres. Cela m'a permis d'atteindre Isée avant la fermeture de la frontière. J'ai aussi pu ramasser celui-ci au passage, nota-t-il en faisant un geste vers Zarco.

Isaya rougit en écoutant l'interprète. Il était heureux que le vice-roi ait décidé de leur accorder le bénéfice du doute et de regagner le royaume des plaines... Elle devait reconnaître que ce détail important leur avait échappé : un tel otage aurait été un atout de taille pour le roi d'Ypres et le marquis de Chamel. Si ce malheur s'était produit, ils en auraient été responsables.

— Il reste, ajouta Ignace de Barjafel avec hésitation, que j'ai une très mauvaise nouvelle à vous communiquer. Cette nuit, j'ai reçu des renseignements fiables qui m'assurent que les neiges alchimiques qui bloquaient les accès à la Voûte des mages ont cédé.

— Quoi ! s'exclama le duc de Tyrtel. Mais c'est impossible ! Pas plus tard qu'hier, j'ai parlé à un des supérieurs de l'ordre de la Clef et il m'a confirmé que les boucliers alchimiques restaient inviolables.

— C'est ce que nous croyions tous, Éloi, répondit le vice-roi. Cependant, il semble que ces forces étaient directement liées à la Clef... et à son boîtier. Les récents événements ont dû causer un dysfonctionnement. Les enfants ont transporté l'écrin à dos de cheval. Cela a pu le desceller, ce qui aura provoqué la dissolution des boucliers... ou peut-être le coffret a-t-il été profané ? siffla-t-il en adressant un regard inquisiteur à Cantin et à Isaya.

Lorsqu'elle eut saisi la nature de l'échange qui venait de se dérouler devant elle, la princesse se sentit soudainement prise d'étourdissements. Jetant un œil à Cantin, elle constata que le visage de celui-ci s'était subitement décomposé. Se pouvait-il que, après tout ce qu'ils avaient risqué, après tant d'efforts pour empêcher la Septième Guerre de se produire, ils aient quand même permis aux armées d'Ypres d'accéder à la Voûte des mages ? Tout cela à cause d'une simple curiosité déplacée ? Isaya avait l'impression d'être projetée au fond du plus noir, du plus terrible des cauchemars... Avant qu'elle ait pu réagir, le duc prit la parole :

— Bien entendu que nous l'avons descellé, déclara-t-il d'une voix posée. Nous voulions nous assurer que l'écrin contenait effectivement la Clef de voûte, que le boîtier n'était pas vide.

— Vous l'avez ouvert ! Sans consulter qui que ce soit auparavant !

Le vice-roi s'enfonça dans son siège en levant les bras au ciel.

— Vous rendez-vous compte des graves conséquences de cette erreur de jugement ? demanda-t-il au duc et à la duchesse. Jamais je n'aurais cru que vous puissiez être aussi… aussi irréfléchis ! Est-ce que vous avez une idée de la manière dont réagira le haut clergé ? Ils vont vous accuser de… de… Ils vont vous…

Amna de Tyrtel regarda son frère, des dards en guise de pupilles.

— Calme-toi, Ignace, balança-t-elle sèchement. Nous n'y pouvons plus rien de toute façon. Je suis désolée. Nous n'aurions pas dû ouvrir l'écrin, Éloi et moi. Mais tu conviendras qu'il nous était impossible de prévoir que ce simple geste aurait de telles répercussions. Consolons-nous au moins en nous appuyant sur la certitude qu'Ypres ne détient pas la Clef, et qu'ils n'ont donc pas accès aux armureries alchimiques pour le moment. La question qui s'avère pertinente à l'heure actuelle est plutôt : que faisons-nous maintenant ?

Le vice-roi haussa les épaules, l'air de dire : par bonheur, je ne suis pas responsable de ce gâchis. Cantin observa son oncle, cette réaction lui rappelant pourquoi il l'avait toujours trouvé aussi antipathique. Malgré tout, il ne pouvait s'empêcher de penser que le vice-roi n'avait pas tort. Si l'aveu de son père l'avait en quelque sorte rattrapé au vol alors qu'il chutait dans un abîme de culpabilité, cela ne changeait rien à l'équation. Leur erreur allait peut-être rendre la guerre inéluctable… Une bévue presque impardonnable… Cette idée lui donnait envie de se creuser un terrier dans la plaine et d'hiberner jusqu'à ce que tout soit terminé. Et puis il y avait quelque chose dans l'attitude de son père qui ne collait pas... Cantin n'aurait su préciser quoi exactement, mais sous la surface calme du duc, il percevait une ombre. Il sentait qu'un élément crucial lui échappait.

Son oncle, devant lui, bougea les lèvres, s'apprêtant à reprendre la parole. L'adolescent le regarda et, pour se calmer, décida de se concentrer sur son double menton qui frémissait à chaque mouvement de sa mâchoire.

— Pendant que j'étais à Fontaubert pour coordonner les actions à prendre, commença le vice-roi, j'ai reçu une missive contenant les instructions du Conseil royal. Les membres suggèrent trois mesures. D'abord, accéder à la partie de la Voûte des mages située du côté d'Isée et récupérer les armes alchimiques qui y sont entreposées. À présent que les neiges alchimiques ne font plus obstacle, Ypres finira bien par forcer le portail de la section est de la Voûte et par prendre possession des armes qui s'y trouvent. Advenant cette éventualité, nous ne pouvons être sans défense.

Dès que ces dernières phrases lui furent traduites, Isaya ressentit un immense frisson d'horreur. Si elle était heureuse de savoir qu'elle ne portait pas seule la responsabilité d'avoir ouvert l'écrin – le duc et la duchesse l'auraient ouvert eux-mêmes si elle ne l'avait fait –, les conséquences de cette action étaient abominables. L'existence de deux sections dans la Voûte des mages l'avait, par ailleurs, prise au dépourvu. Deux parties distinctes ? Jamais elle n'avait entendu quoi que ce soit allant en ce sens.

— Deuxièmement, continua Ignace de Barjafel, le roi…

— Juste une chose avant de vous laisser poursuivre, l'interrompit brusquement Isaya. J'aimerais comprendre pourquoi vous dites qu'il y a deux sections dans la Voûte des mages…

Après s'être tue, la princesse vit à l'expression de Cantin et de Zarco que ceux-ci approuvaient son intervention. Ce fut le duc qui lui répondit.

— Il s'agit d'un détail qui n'a pas été ébruité à l'époque, expliqua-t-il en iséen. En réalité, et bien que pour une raison qui m'échappe on parle de « la » Voûte des mages, il y a toujours eu deux grandes salles. Lorsque l'ordre de la Clef a mis en place la barrière alchimique entre Ypres et Isée, un puissant tremblement de terre s'est déclenché et les longues galeries qui unissaient les salles est et ouest se sont effondrées. Comme les religieux de l'époque ne voulaient pas que certains perçoivent cela comme un signe de désapprobation de la part des dieux, cet événement a été tenu secret.

Quand son interprète eut joué son rôle, Isaya remercia le père de Cantin, appréciant la franchise dont il avait fait montre. Son propre père n'aurait certes pas emprunté une voie aussi directe.

— Donc, comme je disais, grogna à ce moment le vice-roi, impatient, j'ai aussi reçu ceci…

En prononçant ces mots, Ignace de Barjafel retira d'une de ses poches un mouchoir brodé qu'il déplia délicatement pour dévoiler, au centre de sa paume, un cube argenté gravé d'inscriptions semblables à celles qui se retrouvaient sur l'écrin de la Clef de voûte. Même s'ils n'en avaient jamais vu auparavant, Cantin et Isaya surent tout de suite qu'il s'agissait d'un de ces cubes d'Endée, auxquels tant de livres faisaient allusion. Ces cubes, dont l'origine se perdait dans la nuit des temps, étaient à la base de nombreuses pratiques alchimiques. En fait, sans ces sources d'énergie, aucune arme alchimique ne pouvait être créée.

— Mais, comment est-ce possible ? Ne devraient-ils pas tous reposer dans la Voûte des mages ? lança Cantin, ahuri de voir un de ces cubes mythiques devant lui.

Le duc et la duchesse de Tyrtel, s'ils ne s'écrièrent pas comme leur fils, parurent tout aussi ébahis. Ils dévisagèrent le vice-roi de leurs yeux inquisiteurs.

— Je n'étais pas au courant moi-même ! bredouilla ce dernier, s'excusant presque. Le roi m'a envoyé ce cube en même temps que la lettre du Conseil. Il s'agit, selon ce que j'ai compris, d'un des trois cubes qui ont pu être cachés à l'ordre de la Clef il y a cent ans, après la signature du traité. Seul le roi était au courant de leur existence. C'est notre père qui l'en a averti sur son lit de mort, ajouta-t-il à l'intention de sa sœur.

— J'imagine que le Conseil royal veut que nous mettions en fonction le système de défense de Tyrtel, fit la duchesse, sombre.

— Oui, c'est effectivement la deuxième mesure : pour protéger la Clef, il vaut mieux que les défenses alchimiques de la forteresse soient activées. Les deux autres cubes serviront pour la citadelle royale de Janance et, à la frontière, pour la porte d'Isée.

— Et quelle est donc la troisième et dernière mesure, Ignace ? enchaîna Amna de Tyrtel, visiblement désabusée.

Cantin soupira. Sa mère devenait de plus en plus grave à mesure que les mauvaises nouvelles s'accumulaient. Son père, à ses côtés, paraissait quant à lui dégoûté par la tournure des événements. Ils ont travaillé si dur pour construire la paix, songea l'adolescent. Cette situation doit les atteindre profondément. Cela risque de réduire à néant tous leurs efforts, tous leurs espoirs. Les ravages de la guerre sont si près de nous…

— La troisième, eh bien… C'est, entre autres, la raison pour laquelle je tenais à ce que les enfants soient présents, pour que nous puissions en discuter ensemble, dit le vice-roi en évitant le regard de sa sœur. En fait, il faut les renvoyer en terre d'Ypres…

— Jamais ! s'exclama la duchesse en bondissant sur ses pieds, rouge de colère. Ce serait les jeter dans la fosse aux lions et cela n'améliorerait en rien la situation !

— C'est tout à fait hors de question ! tonna à son tour Éloi de Tyrtel. Vous devrez me marcher sur le corps si vous voulez procéder ainsi !

— Du calme, mes amis ! Soyez assuré que je comprends votre désarroi, mais si nous ne le faisons pas, les ennemis de la Grande Réconciliation clameront que nous avons enlevé la princesse ! Cela leur donnera une certaine légitimité devant la population d'Ypres… Une légitimité suffisante pour pouvoir nous attaquer sans scrupules.

Devant cet affrontement, Cantin se sentit mal à l'aise. Ses parents mettaient-ils en jeu le bien-être d'Isée pour lui ? S'apprêtaient-ils à trahir leurs idéaux pour le protéger ? Cela était d'autant plus difficile à accepter qu'il se savait en partie responsable de l'aggravation de la crise. Il ne pouvait laisser l'ensemble du royaume payer pour l'ouverture de l'écrin. Ce serait de la lâcheté, et il s'en voudrait jusqu'à la fin de ses jours si les choses tournaient mal. Il devait absolument faire fi de ses peurs, de sa propre sécurité ; il devait accomplir son devoir.

— Mère, père, s'il le faut, j'irai, affirma-t-il d'une voix mal assurée. Nous devons à tout prix éviter un conflit.

À sa gauche, Isaya, qui suivait la conversation avec quelques secondes de retard, se jeta dans la discussion dès qu'elle en eut saisi l'enjeu.

— Non, Cantin! fit-elle en yprien. Le duc et la duchesse ont raison. Tu leur servirais d'otage. J'irai seule. Mes parents ne me feront aucun mal.

— Oublies-tu que tes parents t'ont déjà fouettée? s'indigna Cantin.

Ignace de Barjafel leva la main pour leur indiquer de se taire.

— Je partage l'avis d'Amna et d'Éloi, Cantin. Bien que j'aie dû mettre cette possibilité sur la table par devoir, je ne crois pas que votre retour en terre d'Ypres changerait quoi que ce soit. Et si le vote de ta mère au Conseil royal va dans cette direction, c'est la décision que nous prendrons. Le Conseil est divisé et nos deux votes feront pencher la balance de ce côté. En fait, je pense qu'il ne reste plus qu'une seule option, si nous voulons la paix... Une seule...

Isaya vit les traits du vice-roi s'assombrir alors qu'il prononçait ces paroles. Et dès que son interprète eut fini de lui relayer l'information, un lourd silence s'établit aussitôt dans la pièce. Un très long silence. La princesse, qui ne perçait pas la nature exacte de ce qui se déroulait autour d'elle, jeta un œil au duc et à la duchesse. Ceux-ci hochaient la tête d'un air affligé, frustré et solennel tout à la fois. Que se passait-il donc?

Zarco et Cantin semblaient avoir saisi, eux aussi, car leur teint avait viré au blanc : la couleur de l'angoisse… C'est à cet instant précis qu'Isaya eut un accès de clairvoyance et comprit ce qui appesantissait jusqu'à la respiration des autres. Elle-même sentit soudain une enclume écraser sa poitrine. Se pouvait-il qu'ils en soient déjà arrivés à cette extrémité ? Et tout cela à cause de son propre père ! À cause d'une rancune ridicule et vieille d'un siècle ! Cela semblait absurde, si absurde… N'y avait-il pas une autre solution ? Quelque part en elle, la jeune fille avait la conviction que non. Dès lors, elle sut que sa première décision en tant que reine d'Ypres en serait une que l'Histoire jugerait soit avec un enthousiasme débordant, soit avec une sévérité impitoyable, mais qu'il n'y aurait pas de zone grise.

Regardant Ignace de Barjafel et constatant qu'il allait reprendre la discussion, elle le devança :

— C'est notre seul espoir, déclara-t-elle, la voix chevrotante. Isée doit accéder à la partie ouest de la Voûte des mages et se servir des armes alchimiques pour pénétrer en terre d'Ypres avant qu'il soit trop tard. Il faut que vous preniez possession de la section de la Voûte qui se situe dans le royaume des mers avant que mon père ait pu accéder aux armureries. Sinon ce sera la guerre, la vraie.

11

La Chambre alchimique

Cantin ferma les yeux, puis les rouvrit. Il était là depuis une dizaine de minutes, à observer le duché de Tyrtel du haut de la tour de garde. La plaine enneigée s'étendait autour de lui, plus belle que jamais. Les montagnes, à l'est, se dressaient toujours vers le ciel, majestueuses. Devant ce paysage immuable, l'idée qu'une guerre s'annonçait paraissait invraisemblable. D'une certaine façon, Cantin s'était attendu à apercevoir une déchirure traversant la terre d'Isée, à voir le duché marqué par le malheur qui se profilait; or, il n'en était rien, à l'exception près de quelques signes avant-coureurs, dont le fait que les routes étaient passablement plus achalandées qu'à l'habitude.

Près de lui, en retrait, Cantin percevait la présence de Zarco. Les deux frères n'avaient échangé que quelques mots depuis qu'ils avaient gravi l'escalier de l'observatoire, après la rencontre dans le cabinet du duc. Ni l'un ni l'autre ne ressentait plus l'envie de célébrer leurs retrouvailles. Pour noircir encore plus le tableau, Cantin avait appris que Joan, son vieux serviteur, était resté coincé à Miranceau avec l'ambassadeur et l'essentiel de la délégation d'Isée. Personne n'avait de nouvelles d'eux depuis la fermeture de la frontière.

L'adolescent n'osait aborder avec son frère le sujet qui le tourmentait le plus violemment: après la réunion, Cantin n'avait pas eu à réfléchir bien longtemps pour comprendre que ses parents n'avaient en aucun cas ouvert l'écrin de la Clef. En effet, il était maintenant persuadé que jamais ceux-ci n'auraient commis une telle imprudence avec un objet alchimique. De toute évidence, le duc avait spontanément accepté la responsabilité de cette bévue afin de les épargner, Isaya et lui, pour qu'ils n'aient pas à encaisser les blâmes qui fuseraient de toutes parts. Voilà pourquoi le comportement de son père lui avait semblé si étrange… C'était donc sans conteste par sa faute qu'un embrasement était devenu imminent. Il n'aurait pas dû céder à la curiosité, il aurait dû retenir Isaya. Il aurait dû…

Dépité, Cantin se frotta le front du revers de la main. Il se sentait impuissant et inapte. Si profondément inapte. Il avait échoué lamentablement. Il n'avait pas été à la hauteur. Toute cette violence qui menaçait de déferler, qui déferlerait... Les images des combats auxquels il avait participé durant la dernière semaine revinrent le hanter et il eut un haut-le-cœur. Tous ces morts... Certains de sa propre main... Depuis qu'il était revenu à Tyrtel, son trouble s'était quelque peu effrité, mais ces scènes continuaient à l'accompagner, nuit et jour, partout. Et le réconfort que lui offrait la proximité de ses parents aidait bien peu. Au fond de lui, Cantin était conscient qu'ils ne pouvaient pas *réellement* comprendre. Après tout, ils n'avaient jamais combattu eux-mêmes et ils n'étaient pas responsables des catastrophes que l'ouverture irréfléchie de l'écrin de la Clef provoquerait...

Déjà, en ce qui concernait la Voûte des mages, les choses se précipitaient. Son père et le vice-roi comptaient partir dès le lendemain, le temps de veiller aux préparatifs nécessaires à l'expédition. Bien que son oncle et ses parents ne lui aient pas indiqué l'endroit précis où se trouvait la porte iséenne de la Voûte des mages, il était clair qu'elle était située quelque part au nord-est de la citadelle de Tyrtel, dans les montagnes. Cantin avait bien insisté pour accompagner les deux hommes, mais ils avaient refusé, prétextant qu'il s'agissait d'un voyage périlleux.

Derrière lui, Zarco bougea.

— Penses-tu qu'on arrivera à éviter le pire ? lui demanda-t-il d'une voix pleine d'appréhension.

— Père et mère feront de leur mieux pour cela…

— J'aimerais pouvoir les aider.

— Oui, moi aussi, mais…

Cantin fut arrêté par le son de quelqu'un qui montait l'escalier en colimaçon de la tour.

— Qu'est-ce ? lança-t-il avec irritation. J'ai pourtant demandé à ne pas être dérangé !

Le seul fait qu'il y ait aujourd'hui des gardes de faction dans la tour, pour surveiller les environs de la forteresse, l'horrifiait ; cela constituait l'illustration criante de l'erreur qu'Isaya et lui avaient commise en ouvrant le boîtier de la Clef. L'idée d'avoir affaire à nouveau à ces soldats lui pesait tel un châtiment. C'est donc avec surprise et soulagement que Cantin vit apparaître son père hors du puits de l'escalier, au centre de la pièce circulaire.

— Je pensais bien que tu serais ici… que *vous* seriez ici, plutôt… corrigea le duc en notant la présence de Zarco.

Éloi de Tyrtel regarda ce dernier et parut hésiter un instant. Puis il prit une décision.

— Suivez-moi tous les deux ! fit-il, mystérieux. J'ai quelque chose de très important à vous montrer.

▲ ▼ ▲

La bibliothèque de Tyrtel était immense et possédait une des plus belles collections de livres anciens du royaume d'Isée, sinon la plus belle. En temps normal, la grande salle d'étude regorgeait de chercheurs et d'étudiants qui venaient de partout pour consulter les ouvrages précieux qui garnissaient le rayonnage. Cet après-midi, toutefois, la bibliothèque était déserte, la duchesse l'ayant temporairement fermée au public en raison des considérations de sécurité qu'occasionnait la présence de la Clef de voûte dans l'enceinte de la forteresse.

Assise à l'une des nombreuses tables de la salle d'étude, Isaya faisait face à monsieur de Conti et répétait des mots dans un iséen maladroit. Lorsque le religieux lui avait proposé des leçons, la princesse avait accepté d'emblée. Elle se sentait si démunie depuis son arrivée à Tyrtel qu'elle était bien décidée à parler rapidement la langue du royaume. Déjà quelques rudiments lui revenaient et, quand l'enseignant s'exprimait lentement, en prononçant toutes les syllabes, elle parvenait à comprendre certaines phrases simples.

Ce cours de langue tombait par ailleurs à pic pour Isaya, car il lui fournissait l'occasion d'échapper aux idées noires et aux angoisses lancinantes qui l'obsédaient. D'autant plus que le scénario catastrophe semblait en voie de se matérialiser. À l'origine, en empêchant son père et le marquis de Chamel de mettre la main sur les armes alchimiques, elle avait cru forcer la paix, et non permettre à Isée d'envahir Ypres avec ces mêmes armes… Bien que cela parût la seule option encore envisageable, c'était une perspective aussi malheureuse que la première. L'adolescente, qui imaginait déjà ses compatriotes l'affubler de sobriquets tels « Isaya la traîtresse » ou « Isaya la noire », refusait d'entrer dans les livres d'histoire comme celle qui avait *offert* Ypres à ses ennemis ancestraux. Malgré ce qu'Isaya savait de l'évolution du royaume des plaines, placer le sort d'Ypres entre les mains des « cochons d'Isée », comme on les appelait encore chez elle, semblait un pari dangereux. Après tout, on parlait d'une invasion et un dérapage était toujours possible en pareilles circonstances. Et puis, le passé recelait de nombreux exemples de traîtrises de la part d'Isée…

— Puis-je avoir encore un peu de ce pouuuu-let ? dit la princesse à monsieur de Conti, essayant de maîtriser la prononciation du mot « poulet ».

Le religieux hocha la tête en signe de satisfaction.

— Voilà, vous y êtes presque, nota-t-il. Répétez après moi, votre Altesse. Pouuuu-let… Pouuuu-let… Pouuuu-let…

Isaya s'apprêtait à répéter lorsqu'elle aperçut le visage émacié de son interprète s'éclairer d'un sourire. L'homme se leva promptement et se dirigea vers le portail de la grande salle, derrière elle. L'adolescente se retourna sur sa chaise. À l'entrée de la bibliothèque se tenait une jeune femme de son âge, soit quatorze ans environ. La nouvelle venue avait des traits fins, une taille svelte et une longue chevelure blonde. Une jolie fille, une noble, certainement, pensa Isaya en remarquant à son cou un pendentif orné de pierres précieuses. Néanmoins, malgré son rang, l'arrivante portait une robe plutôt simple, ce qui s'avérait incompréhensible pour l'Yprienne qu'elle était : comment une noble pouvait-elle s'habiller à la façon des gens du commun ?

— Que les dieux vous apaisent, Mademoiselle Marita, fit l'enseignant, utilisant la formule de bienvenue rituelle des membres de l'ordre de la Clef. Je suis heureux de vous revoir, continua-t-il en faisant une courte révérence. Quand donc êtes-vous arrivée ?

— Il y a moins de vingt minutes, Monsieur de Conti. Et je suis tout aussi heureuse de vous revoir. Avez-vous…

— Oui, oui, bien entendu ! J'ai lu les poèmes que vous m'avez envoyés la semaine dernière. Ils sont excellents. Si vous le voulez, nous pourrons nous rencontrer dans une heure pour en discuter. J'aurais quelques suggestions à vous faire.

— Je ne voudrais surtout pas vous importuner, répondit la jeune femme en jetant un regard de biais à Isaya.

— Non, pas le moindrement. Il n'y a aucun problème. J'aurai bientôt terminé cette leçon avec la princesse d'Ypres. Je pourrai vous rencontrer ensuite.

Alors que les deux autres s'exprimaient trop rapidement pour qu'elle puisse comprendre leur conversation, Isaya fut surprise de voir l'adolescente rougir après que le religieux eut fait un geste dans sa direction. Confuse, l'Iséenne bredouilla une réponse laconique et s'éclipsa.

Sur le coup, Isaya crut que la jeune noble était impressionnée par son statut ; mais cette pensée s'étiola en quelques secondes et elle se ravisa. Une telle explication aurait été vraisemblable dans le royaume des mers, là où son rang intimidait de nombreuses personnes. Toutefois, n'ayant pas provoqué de telles émotions depuis son arrivée ici – pas même chez les serviteurs –, Isaya se dit que la source de ce trouble devait se situer ailleurs et se demanda ce que cela dissimulait.

— Qui était-ce ? demanda-t-elle, l'air de rien, à monsieur de Conti une fois qu'il se fut rassis.

— Mademoiselle Marita de Huïs, la fille cadette de la comtesse de Huïs, elle-même la meilleure amie de la duchesse de Tyrtel.

— Et de quoi avez-vous discuté ? Savez-vous pourquoi elle a réagi aussi… aussi bizarrement en apprenant mon identité ?

— Oui, votre Altesse… J'en ai une bonne idée… mais je ne pense pas avoir la liberté de vous en informer. À mon avis, vous devriez en parler à monsieur Cantin... Je veux dire au comte de Fontaubert, votre époux.

Perplexe devant l'attitude hésitante et mystérieuse de son professeur, Isaya ne poussa pas plus loin la question. De toute manière, elle était convaincue qu'elle serait fixée d'ici peu. D'ailleurs, elle avait déjà une bonne idée de ce dont il pouvait s'agir...

▲ ▼ ▲

Tout en cheminant dans les couloirs glauques, Cantin frissonna. Il aurait dû revêtir une veste avant de descendre dans le dédale de passages secrets. L'atmosphère froide et humide qui y régnait était peu accueillante, en particulier dans les galeries creusées en sous-sol, dans le roc de la *mesa* sur laquelle était érigée la citadelle.

— Le lieu où je vous emmène se trouve au cœur de la forteresse, confia le duc à voix basse, tandis qu'il les guidait dans une des plus anciennes sections du réseau de couloirs dérobés. Seuls les membres de la famille de Tyrtel, les ministres de l'Intérieur et de la Défense, le vice-roi ainsi que le roi lui-même peuvent être mis au courant de l'emplacement de cette pièce.

— Pas la... non ? Pas la... la Chambre alchimique ? fit Zarco, trépignant d'excitation.

Éloi de Tyrtel sourit et posa un regard bienveillant sur l'adolescent:

— Oui, tu as deviné juste.

Zarco effectua deux ou trois bonds d'allégresse à cette confirmation. Cantin, lui, se contenta de sourire, comme son père. Si la perspective de visiter la Chambre alchimique l'enthousiasmait, le plaisir évident de son frère de lait le rendait plus heureux encore. Ce dernier semblait savourer pleinement le privilège qui lui était accordé. Zarco savait bien que deux semaines auparavant, il n'aurait jamais pu obtenir le droit de les accompagner. Mais les choses avaient changé. Depuis leur périple en terre d'Ypres, l'affection du duc pour Zarco semblait en effet s'être consolidée. Peut-être était-ce parce que celui-ci avait partagé les mêmes dangers que Cantin, ou encore la joie de le retrouver sain et sauf après avoir craint pour sa sécurité… Quoi qu'il en soit, Éloi de Tyrtel donnait maintenant l'impression de vouloir inclure Zarco à part entière dans le cercle familial, et cet enjeu n'échappait pas au principal intéressé. Que le duc ait décidé de l'emmener dans la Chambre alchimique en était la preuve éclatante : il le traiterait désormais comme son fils de sang.

Après un temps à parcourir les corridors familiers, son père s'arrêta devant une porte dérobée que Cantin n'avait jamais remarquée au cours de ses précédentes excursions dans les galeries. Prenant son trousseau de clefs, le duc déverrouilla la serrure et le trio entra dans un tunnel qui se rétrécissait au bout de quelques mètres, devenant très étroit, à peine assez large pour une personne.

— C'est un passage qui fait le pont entre les galeries publiques et le réseau secret, nota Éloi de Tyrtel.

À ces explications, Cantin devina qu'il devait donc mener quelque part dans les installations souterraines de la forteresse, qui comprenaient d'immenses entrepôts ainsi que des quartiers protégés pouvant accueillir des milliers de personnes, soldats ou civils, en cas de danger.

Tous les trois progressèrent d'une quinzaine de mètres dans le tunnel exigu puis, soudain, sans aucune raison apparente, le duc s'immobilisa.

— Voilà! Si ma mémoire est bonne, c'est à peu près ici, indiqua-t-il en se retournant face au mur de gauche. À présent, il nous faut trouver l'emplacement exact de la commande d'ouverture. Aidez-moi, les garçons.

Ce disant, le duc se mit à heurter la paroi de pierre avec le manche de son poignard. Zarco et Cantin sortirent leurs propres couteaux de chasse et l'imitèrent, sans trop savoir ce qu'ils devaient chercher sinon la résonance que causerait l'existence d'une cavité.

Après cinq minutes de ce travail, Cantin commença à se demander si son père ne s'était pas trompé. Partout où il cognait, il ne percevait que le son étouffé d'une pierre dense. Son père pouvait aisément avoir commis une erreur : les murs de roc des corridors se ressemblaient tous. Et comme l'emplacement de la Chambre alchimique n'était marqué d'aucun signe particulier, l'entrée pouvait se situer à peu près n'importe où...

— Je crois que je l'ai ! s'écria Zarco à cet instant précis, comme pour le contredire.

Le duc s'approcha de l'adolescent et frappa lui-même à l'endroit que ce dernier pointait du doigt.

— Oui ! C'est bien cela. Je pense que tu l'as trouvé. Bravo !

Zarco était radieux.

— Maintenant, voyons si je me rappelle la combinaison... continua Éloi de Tyrtel. Comment était-ce, déjà ? Ah... Oui, je me souviens...

À l'aide de son poignard, le duc recommença à taper sur la paroi, mais cette fois avec un souci d'exactitude évident. Il frappait la pierre, puis attendait un instant en comptant à haute voix le temps qui s'égrainait, et frappait à nouveau : clang, clang, « un, deux, trois, » clang, « un, deux, » clang, clang, clang, « un, deux, trois, quatre, cinq, six, » clang ; et ainsi de suite. Cantin perdit rapidement le fil. Enfin, après ce qui lui parut un moment interminable, son père s'arrêta.

— Il faut compter une quinzaine de minutes entre le moment où l'on finit d'entrer la combinaison et celui où la porte s'active, mentionna le duc. Ce délai a été introduit afin de permettre à la garde d'intervenir si jamais cela s'avérait nécessaire. En attendant, je vais vous enseigner le code. Je ne crois pas que vous le retiendrez parfaitement du premier coup, mais nous prendrons le temps qu'il faut. Il va comme suit…

Le duc leur énuméra une série de vingt-huit chiffres représentant, en alternance, la quantité de coups à donner et le nombre de secondes à attendre avant la prochaine séquence. Cantin essaya de retenir la combinaison, toutefois cela faisait une bien grande suite de chiffres à fixer dans sa mémoire. Il aurait besoin de quelques leçons avant d'y parvenir. Zarco, lui, paraissait avoir plus de facilité.

— Rappelez-vous, ajouta son père, que la moindre erreur dans le code, la moindre hésitation, provoque automatiquement le déclenchement d'un système anti-intrusion redoutable. Une force alchimique immobilise alors toute personne se tenant dans ce corridor. Selon ce que j'en sais, il s'agit d'une expérience très, très désagréable, voire intolérable. On m'a expliqué que cela avait un effet semblable à celui de milliers d'aiguilles brûlantes vous transperçant la peau. La douleur est, semble-t-il, atroce.

— Heureusement que vous ne vous êtes pas trompé ! s'exclama Zarco en riant un peu faussement pour cacher son trouble.

— Ne t'inquiète pas, mon garçon, jamais je ne vous aurais fait courir un tel risque. Dans le cas présent, si je me suis mépris, la porte restera simplement close; les mécanismes de protection dont je vous parle ne fonctionnent que lorsque la génératrice alchimique est en marche. D'ailleurs, je te conseille de rester le plus près possible de Cantin et moi quand nous aurons redonné vie à la citadelle: toute personne qui circule sans clef alchimique dans les tunnels secrets est immédiatement repérée par le système de sécurité. Et paralysée… Je te fournirai une clef plus tard, si tu veux.

Même s'il demeura muet, Cantin vit que son frère était au comble du bonheur et luttait pour garder contenance. Devant cette nouvelle preuve de confiance du duc, Cantin ressentit cependant une pointe de jalousie. Il était bien entendu content que Zarco ait droit à semblable attention de la part de son père. Par contre, depuis que ce dernier était allé les chercher dans la tour de garde, il ne semblait plus se préoccuper de lui, son propre fils… Éloi de Tyrtel avait-il été dégoûté par l'erreur qu'il avait commise en ouvrant l'écrin de la Clef? Zarco était-il, à cause de ce gâchis, en train de prendre sa place dans le cœur de son père? Au fond, il ne méritait rien d'autre…

— Écoutez! fit le duc tout à coup, interrompant les sombres pensées de son fils. Oui, c'est bien cela: la porte s'ouvre…

À cette annonce, Cantin tendit l'oreille. Sur le moment, il ne perçut rien, puis il entendit une sorte de grincement, comme si un rouage s'était mis en branle. La puissance de ce bruit augmenta graduellement, nourrissant son impatience de connaître ce qui se cachait derrière le mur. Depuis qu'il avait appris l'existence de ce lieu, tout jeune, il avait rêvé de cet événement mille fois au moins. Voir la Chambre alchimique…

Bientôt, il y eut un claquement et, soudain, le pan de roc devant lequel se trouvait Cantin s'évapora, laissant place à une pièce de faibles dimensions. Au fond de celle-ci se dressait une porte faite d'un métal cuivré et couverte de symboles alchimiques. Éloi de Tyrtel avança de quelques pas, suivi de Zarco.

— Viens Cantin, dit le duc. Il faut deux personnes possédant une clef alchimique pour déverrouiller la seconde porte. Place ton index ici et, à mon signal, pousse.

Son père désignait un creux dans le portail, à hauteur de poitrine. Cantin sortit son pendentif de sa tunique, inséra l'objet rouge et courbé entre ses lèvres et le mordit. Plaçant ensuite son index dans la cavité, il attendit que son père soit en position.

— Un, deux, trois, allons-y! lança ce dernier, son élocution empâtée par la clef qu'il serrait entre ses dents.

Cantin poussa de son doigt et, une fraction de seconde plus tard, la porte se mit à s'abaisser, dévoilant bientôt une salle circulaire au centre de laquelle trônait un imposant bloc de marbre gris constellé de symboles alchimiques. Ce n'est toutefois pas la pierre qui prit l'adolescent au dépourvu, mais bien le... le... il n'y avait pas d'autre mot pour nommer cela... le *soleil* miniature qui flottait dans les airs, au-dessus du bloc. La boule de feu, grosse comme une tête d'homme, baignait la pièce d'une forte lumière blanche et semblait tourner sur elle-même, suspendue dans le vide. Cette vision, presque irréelle, était tout à fait saisissante, sans rien à voir avec la génératrice que Cantin avait pu imaginer...

— Incroyable! s'écria Zarco, derrière lui. C'est extraordinaire!

Cette intervention sortit Cantin de son hébétement et l'amena à parcourir le reste de la pièce des yeux. Étonnamment, cela ressemblait plus à une bibliothèque qu'à un laboratoire alchimique... Le mur, incurvé, était en effet tapissé d'armoires vitrées remplies de livres. Il y avait aussi, dispersées dans la salle, plusieurs tables de travail accompagnées de chaises et de fauteuils confortables, le tout recouvert d'une épaisse couche de poussière. L'atmosphère, au contraire de celle des tunnels, était sèche et sans traces de moisissure, quoiqu'une odeur de renfermé tenace y régnât.

— Qu'est-ce que tous ces livres ? demanda Zarco en se dirigeant vers une des armoires.

— Je n'en suis pas absolument certain, répondit le duc. Je ne suis venu ici qu'à une seule occasion. Selon ce que j'ai pu voir à l'époque, il s'agit de vieilles archives datant de la construction de la forteresse de Tyrtel. Il y a aussi des ouvrages anciens consacrés à l'alchimie, mais rien de très moderne. Cela explique peut-être pourquoi l'ordre de la Clef ne les a pas saisis, il y a cent ans, lors de la Grande Perquisition.

— Génial ! s'enthousiasma Zarco en attrapant un des bouquins. De la poésie… Et en vieil iséen ! C'est un véritable trésor !

Voilà qui est bien lui, pensa Cantin. Il aime tellement les livres et la littérature… C'était si vrai que la présence de ces documents anciens avait réussi à gommer de son esprit le fait qu'ils se trouvaient dans la Chambre alchimique.

— Est-ce que je peux en rapporter quelques-uns avec moi ? dit Zarco.

— Oui, si ce ne sont pas des traités d'alchimie, je ne crois pas que cela pose problème.

Tandis qu'il parlait, le duc déposa sa sacoche de cuir sur une des tables, puis fouilla dans une poche de sa tunique pour en extirper le cube alchimique. Une fois l'objet en main, il s'approcha du bloc de marbre, au centre de la salle. Cantin fit de même, s'efforçant de ne pas regarder directement la sphère lumineuse afin d'éviter qu'elle ne l'aveugle.

— Est-ce que vous savez comment faire démarrer la génératrice ? demanda-t-il à son père.

— Non, je dois avouer que je n'en ai aucune idée. Mais je suis convaincu qu'à deux nous y arriverons. Tu t'es montré très débrouillard ces derniers temps. Tu pourras certainement m'aider.

Sur ces mots, Éloi de Tyrtel serra l'épaule de son fils et posa sur lui un œil approbateur. Ce petit geste, anodin en d'autres circonstances, allégea incroyablement Cantin. Son père demeurait fier de lui, malgré l'écrin de la Clef, malgré cette négligence dont les conséquences étaient si graves qu'il n'osait y réfléchir. Il avait eu tort d'éprouver de la jalousie pour Zarco…

— Là, le creux, au milieu de la pierre ! s'exclama-t-il, le moral à la hausse. Je ne vois pas d'autre endroit où le cube pourrait être inséré.

— Oui, tu as sûrement raison. Voyons si cela fonctionne…

Le duc saisit le cube alchimique entre son pouce et son index, puis tendit la main jusqu'à la cavité et inséra doucement l'objet dans l'espace. Le cube s'y enfonça parfaitement, sa surface supérieure se retrouvant à niveau avec celle du marbre. Toutefois, alors que Cantin s'attendait à une réaction spectaculaire, rien ne se produisit.

— Peut-être qu'il y a un délai, comme pour la porte du corridor, proposa-t-il, perplexe.

— Oui, c'est probable, répliqua son père en faisant un geste vers Zarco afin qu'il s'approche d'eux. Reste près de nous, maintenant. N'oublie pas ce que j'ai dit tout à l'heure à propos du système de sécurité…

Tandis que Zarco les rejoignait, Éloi de Tyrtel et Cantin reculèrent de plusieurs mètres. Il ne fallait pas courir de risques avec une génératrice d'une telle puissance, surtout considérant qu'elle n'avait pas fonctionné depuis des lustres. Dans de pareilles circonstances, une défectuosité était plus qu'envisageable, ce qui pouvait avoir de graves conséquences pour les opérateurs s'ils se tenaient trop près. Pour plus de sécurité encore, le père et le fils renversèrent même une table et s'agenouillèrent derrière, s'en servant comme d'un bouclier.

L'appréhension n'eut pas le temps de s'enraciner chez Cantin, car quelques secondes après que Zarco se fut immobilisé à ses côtés, la génératrice s'activa : les rayons du *soleil* devinrent plus chauds et leur couleur passa du blanc au mauve. Un mauve sinistre et lourd. Simultanément, une voix solennelle s'éleva dans la Chambre alchimique, faisant sursauter les trois Iséens. Cette voix lança une phrase taboue, une phrase abominable qui fit frémir Cantin jusqu'à la moelle : « Un jour béni viendra où la plaine dominera la mer. »

L'ancienne devise des armées iséennes. Une promesse de vengeance, de violence et de haine.

III

Cœurs troubles

De retour d'un périple aux écuries pour bichonner Yrabelle, sa jument, la princesse Isaya s'affairait à retoucher sa toilette, brossant méticuleusement ses longs cheveux de jais. Ce faisant, elle observait son reflet dans le miroir de la coiffeuse. La rencontre de cette Marita l'avait passablement remuée. Il s'agissait d'une fille si différente d'elle-même… Isaya ne pouvait s'empêcher de se sentir en compétition avec l'Iséenne. L'attitude de la nouvelle venue, le refus du religieux d'expliquer sa réaction et, surtout, le fait qu'il la renvoyait à Cantin pour plus de détails, l'amenaient à penser que c'était le cas : il y avait certainement quelque chose entre cette Marita et Cantin. Quelque chose de fort.

Isaya avait beau se répéter qu'elle était presque reine et, qu'à cause de cela, elle ne devait craindre aucune rivale, elle ne parvenait pas à calmer son trouble. D'ailleurs, elle n'arrivait pas non plus à comprendre pourquoi cette situation la perturbait autant. Qu'avait-elle à perdre? Cantin pouvait bien aimer qui il voulait, au fond. Leur mariage était arrangé, purement politique...

Tout à coup, Isaya fut distraite de ses préoccupations par un curieux bourdonnement qui allait en s'amplifiant. Croyant d'abord que le bruit venait de derrière, l'adolescente tourna la tête, pour être aussitôt détrompée: le grondement paraissait provenir de partout, comme si le château lui-même s'était mis à ronronner. Les meubles, le plancher, les murs, les lieux en entier vibraient. Un tremblement de terre? Prestement, Isaya se leva et se dirigea vers la porte de sa chambre. Dans l'antichambre, elle trouva, assise sur une chaise, la vieille suivante que la duchesse lui avait assignée à son arrivée dans la citadelle.

— Qu'est-ce? demanda Isaya, osant tester son iséen.

La servante se dressa d'un bond et se mit à piailler en agitant les bras dans un mouvement si frénétique qu'il sembla à Isaya qu'elle s'était métamorphosée en une pieuvre tentaculaire. Troublée par la réaction de la femme – un simple tremblement de terre n'aurait pas dû causer tant d'émoi – et ne saisissant mot à son babillage effréné, la princesse traversa la pièce et sortit dans le corridor. Là, elle aperçut deux hommes tenant, l'un une vadrouille, l'autre un aspirateur alchimique. Ils avaient cessé de travailler et discutaient rapidement, un air de perplexité mêlé de frayeur sur leur visage. L'Yprienne, qui jusque-là avait gardé son calme, sentit soudain la peur la gagner devant l'éventualité d'une nouvelle catastrophe. Mais que se passait-il donc ?

Alors qu'elle s'apprêtait à interpeller les deux serviteurs, le bourdonnement cessa. À cet instant même, le couloir, qui n'était éclairé que par le jour déclinant, s'illumina brusquement. Isaya leva les yeux au plafond pour se rendre compte que, à intervalles réguliers, certaines tuiles qui le recouvraient s'étaient allumées. L'alimentation alchimique de la forteresse a été réactivée, comprit-elle. L'adolescente savait que pareils systèmes d'éclairage constituaient la norme dans les édifices publics avant que l'alchimie soit bannie par l'ordre de la Clef, mais en être témoin de visu s'avérait plutôt impressionnant… et inquiétant, car il s'agissait d'un nouveau pas vers la Septième Guerre…

Tout de même curieuse d'observer quels autres changements étaient survenus, Isaya marcha en direction de la terrasse vitrée qui surplombait la principale cour intérieure de la citadelle. Déjà, tout en avançant dans les corridors, elle fut étonnée de constater, à travers les fenêtres qu'elle croisait, que le panorama avait acquis une teinte étrange tirant sur le mauve. Avait-elle la berlue ? Le paysage n'avait certes pas changé de couleur…

En mettant pied sur la terrasse, Isaya vit que les alentours de Tyrtel n'avaient pas seulement pris une teinte mauve, mais qu'ils étaient bel et bien *devenus* mauves ! Pourtant, cette couleur semblait moins prononcée lorsqu'elle regardait la cour en contrebas… Un bouclier alchimique ! La terrasse, comme toutes les ouvertures de la citadelle, devait être recouverte d'un tel champ de force. Et si le paysage au-delà du château fort paraissait encore plus sombre, c'était probablement qu'un second bouclier en forme de dôme recouvrait l'ensemble de la forteresse. Voilà pourquoi la plaine enneigée paraissait décidément plus mauve : l'action conjuguée des deux forces lui conférait cette teinte peu agréable, sordide même… Oui, décidément sordide.

— Ainsi donc, voilà à quoi ressemble une place forte alimentée par une génératrice alchimique, songea tout haut la princesse, amère.

Ce spectacle, bien qu'il comblât la curiosité qu'elle avait toujours eue à cet égard, demeurait cependant une autre preuve concrète – trop concrète – de la pente glissante et extrêmement dangereuse sur laquelle Isée et Ypres s'étaient engagés.

▲ ▼ ▲

Lorsque Cantin entra dans la salle à manger familiale pour le repas du soir, ses jambes devinrent brusquement flageolantes : Marita, aussi souriante et resplendissante que dans ses souvenirs, était assise en face d'Isaya, comme toujours fière et élégante. Cette scène inusitée le prit de court. Personne ne l'avait informé que Marita était attendue à Tyrtel ! Que diable faisait-elle ici ? !

Avant que quiconque l'aperçoive, Cantin fit quelques pas de retrait et s'appuya contre le mur du couloir, le temps de se calmer. Comment devait-il agir, maintenant, vis-à-vis d'elle ? Les idées se bousculaient dans son esprit. Il ne pouvait s'empêcher de penser qu'il avait trahi son amie d'enfance. Mais l'avait-il réellement trahie ? Ce serait, à tout le moins, sous cet angle que Marita interpréterait la situation : il ne s'était en effet écoulé qu'une semaine depuis leur dernière rencontre… depuis leur baiser d'adieu… Comment pouvait-on se détacher autant de quelqu'un en si peu de temps ? Une petite voix lui susurrait que les circonstances étaient exceptionnelles, mais cela n'empêchait pas Cantin de se sentir déchiré et honteux à l'idée de la peine qu'éprouverait la jeune fille.

Se fouettant pour reprendre contenance, Cantin franchit finalement le cadre de la porte, puis s'arrêta afin d'observer Marita et Isaya. Celles-ci s'évitaient du regard, la première discutant avec Zarco, et la seconde, avec la duchesse. L'adolescent eut cependant l'impression fugitive qu'elles s'épiaient, se jaugeaient mutuellement. Et il ne put s'empêcher de se dire qu'elles étaient vraiment très belles toutes les deux, chacune à sa façon...

La duchesse, à l'autre extrémité de la pièce, remarqua enfin sa présence et s'adressa à lui :

— Viens t'asseoir, Cantin, que nous puissions commencer à manger. Il ne manquait plus que toi.

Tous les visages se tournèrent dans sa direction. Le jeune homme se sentit alors pris en étau entre les yeux verts de Marita et ceux noisette de la princesse. Son visage devint pivoine et il baissa la tête, se dépêchant de gagner la dernière place disponible, entre son père et Isaya.

— Marita restera avec nous un certain temps, expliqua Amna de Tyrtel pendant que Cantin s'assoyait. Le comte et la comtesse de Huïs sont à Fontaubert pour affaires et ont cru qu'elle serait plus en sécurité ici.

Ensuite, elle ajouta en yprien, au bénéfice d'Isaya :

— Marita et mon fils sont de grands amis. Ils se connaissent depuis toujours. Je suis sûre que vous vous entendrez à merveille.

À ces mots, Cantin se tortilla sur sa chaise. Isaya, près de lui, sourit intérieurement en constatant son trouble. Il ne récoltait que ce qu'il méritait. Placer une princesse dans une telle situation sans même l'en avertir au préalable était pour le moins indélicat. Jetant un regard oblique à sa rivale, elle vit que cette dernière était perdue dans ses réflexions. En terre d'Ypres, son statut d'héritière de la Couronne aurait suffi à éclipser Marita, mais dans le royaume des plaines les choses étaient différentes. Depuis le début de son séjour à Tyrtel, on lui avait même mentionné l'existence de mariages entre nobles et bourgeois! Une chose impensable dans le royaume des mers…

— Alors si je saisis bien, Cantin et toi êtes donc un peu comme frère et sœur… lâcha-t-elle sans réfléchir à l'intention de la jeune fille.

Le coup porta: Marita figea sur place et, avant qu'une autre parole ait pu être prononcée, elle se leva et sortit de la pièce en courant. Abasourdi par la tournure des événements, Cantin s'enfonça profondément dans sa chaise, l'air de vouloir glisser sous la table. Voyant qu'il ne réagissait pas, Zarco quitta la salle à manger en vitesse.

Isaya savait qu'elle venait de commettre un grave impair. Cette phrase assassine ne pouvait qu'ajouter du sable dans la plaie. Il lui fallait absolument apprendre à dompter les réflexes acérés qu'elle avait acquis à la cour de son père: ce n'est certes pas en agissant ainsi qu'elle se ferait des alliés. Et elle avait déjà bien assez d'ennemis. Ypres avait déjà bien assez d'ennemis.

▲ ▼ ▲

Cantin s'étendit sur son lit en soupirant. Quel bourbier… Après l'incident du souper, Zarco et Marita avaient disparu et étaient demeurés introuvables, ce qui avait mis un terme au repas avant même qu'il ait pu commencer. L'adolescent s'était donc retrouvé seul aux cuisines, où on lui avait servi un pâté au poulet qu'il avait mangé pendant que ses parents, inquiets, continuaient à faire rechercher les deux absents. Cantin, lui, ne s'en préoccupait pas trop puisque, même s'il n'avait pas voulu en parler ou s'y rendre pour s'en assurer, il était presque certain que le duo s'était réfugié au grenier, dans leur vieux repaire secret. Son frère était probablement la personne la mieux placée pour consoler son amie et qu'il se trouve auprès d'elle le rassurait. Zarco et Marita partageaient en effet un profond lien d'amitié. Il souhaita vivement que Zarco puisse réparer la peine qu'il causait à Marita.

La princesse, de son côté, avait préféré faire monter à manger dans ses appartements. Isaya avait dû percevoir que Cantin lui tenait rancune et qu'il valait mieux le laisser seul. Celui-ci n'arrivait pas à comprendre ce qui avait poussé l'Yprienne à se montrer si méchante. Comment avait-elle pu énoncer une telle sottise ? Parce que délibérément blessante, cette attitude lui semblait pire que celle qu'elle avait adoptée avec Zarco au début.

Par ailleurs, au-delà du comportement d'Isaya, Cantin était troublé par le soulagement que lui avait procuré la fuite de Marita. Sur le coup, il avait été satisfait de ne pas avoir à l'affronter... Cantin ne savait pas encore parfaitement de quelle manière cela avait pu se produire, mais ses sentiments à l'endroit de son amie d'enfance s'étaient transformés en une affection distante. Lorsqu'il analysait froidement ses états d'âme, l'explication devenait claire : les événements de la dernière semaine se dressaient entre eux, incontournables. Il y avait le mariage, obstacle par excellence, et les combats... Il en revenait toujours à ce point : Marita ne saisirait jamais rien aux combats... Elle ne serait jamais plus en mesure de le comprendre, d'être sa confidente. Dorénavant, ils étaient condamnés à vivre dans deux univers distincts et cette réalité lui lacérait le cœur.

Et puis, il y avait le poids de ses responsabilités que Marita ne partagerait jamais avec lui. L'idée d'être en partie responsable de la Septième Guerre mettait Cantin au supplice. Pourquoi n'avait-il pas empêché Isaya d'ouvrir l'écrin ? Il avait été imprudent, irrémédiablement imprudent... Le plus insoutenable dans tout cela était qu'il ne pouvait pas contribuer à réparer sa bévue. Il se sentait frustré et inutile.

Cantin lâcha un grognement, s'agenouilla sur son matelas et donna un violent coup de poing dans un coussin. À ce geste, son corps s'emballa. Plaçant le coussin contre le mur, il se mit à frapper de toutes ses forces dans un mouvement effréné, presque convulsif. Une gauche, une droite, puis une autre gauche, puis une autre, puis encore une autre... Toute sa peur lui sortait par les poings. Sa peur de l'échec. Et sa rage, sa rage d'être pris dans cette situation impossible. Il en voulait au monde entier. Qu'avait-il fait pour mériter cela ?

▲ ▼ ▲

Comme il était minuit passé, l'aile du château où résidait la famille de Tyrtel était déserte. En se promenant, Isaya constata néanmoins que les autres couloirs grouillaient d'activité. Des hommes en uniforme d'officier y circulaient, prenant possession des quartiers qui leur étaient destinés, tandis que les moins gradés, eux, s'enfonçaient toujours plus nombreux à l'intérieur des galeries creusées dans les profondeurs de la *mesa*. L'endroit avait décidément perdu l'air serein et réconfortant qu'Isaya avait apprécié à son arrivée. La lumière mauve des boucliers alchimiques qui s'immisçait partout contribuait de manière substantielle à cette nouvelle atmosphère martiale, belliqueuse. La forteresse avait revêtu ses parures de guerre.

Après un temps, les déambulations de la princesse la ramenèrent à la terrasse vitrée qui donnait sur la grande place du château, encore très bruyante en cette heure tardive. Isaya ferma les paupières : décidément, tout allait de mal en pis. Tellement que, par moments, elle en regrettait presque de ne pas avoir aligné ses positions sur celles de son père… Mais le sort en était jeté. Il ne lui restait plus qu'à attendre. Son impuissance la contrariait cruellement et elle en revenait immanquablement au même point : elle avait placé l'avenir d'Ypres entre les mains d'Isée. S'il advenait que les choses tournent mal pour le royaume des mers, elle seule serait à blâmer. Elle continuait toutefois d'espérer que ses décisions des derniers jours permettraient d'éviter autant de violence que possible, et mèneraient à une paix durable. À la Grande Réconciliation.

Il y eut un soudain froissement d'étoffe derrière Isaya. Surprise, celle-ci se retourna pour s'apercevoir qu'une femme de chambre dans la vingtaine se tenait en retrait, observant elle aussi la cour. L'Yprienne sentit sa colère monter en pic, incontrôlable. Se glisser ainsi derrière elle sans s'annoncer alors qu'elle était perdue dans ses réflexions… Quel sans-gêne ! Si l'intruse avait été noble, elle aurait pu passer l'éponge, mais une simple domestique !

— Que fais-tu ici ? Va-t'en avant que j'appelle la garde ! cria-t-elle en yprien, furieuse.

La femme de chambre resta sidérée. Tandis qu'Isaya franchissait à grandes enjambées la distance qui la séparait de l'importune, elle entendit des pas rapides dans le corridor, et fut stupéfaite de voir la duchesse apparaître tout à coup sur la terrasse. Amna de Tyrtel s'adressa brièvement à la domestique en langue d'Isée et celle-ci se retira sans un mot, après une courte révérence.

— Viens avec moi, fit alors la nouvelle venue. Je crois qu'il est nécessaire que nous parlions.

L'intonation de la duchesse, qui conservait des notes de douceur malgré les circonstances, ébranla Isaya. Elle resta donc immobile un instant, puis rattrapa l'adulte qui s'éloignait déjà. La jeune fille avait perçu de la colère dans la voix de la mère de Cantin, mais sans les touches froides et insensibles qu'elle retrouvait toujours dans celle de la reine d'Ypres. De façon inexplicable, ce soupçon de chaleur lui donna une forte envie de pleurer, envie qu'elle dut réprimer vivement.

Amna de Tyrtel mena l'adolescente dans son cabinet privé et la fit s'asseoir sur un canapé, devant l'âtre. Quand elle eut refermé la porte, elle l'y rejoignit et, en silence, plongea ses yeux dans les siens. Des yeux aimants. Des yeux de mère. Devant tant de bienveillance,

Isaya sentit ses défenses s'évaporer. Incapable de se contrôler, elle éclata en sanglots. La duchesse réagit en la prenant dans ses bras sans dire quoi que ce soit, jusqu'à ce qu'elle se calme.

— Je suis désolée de ne pas avoir fait en sorte que nous discutions plus tôt, commença-t-elle quand les larmes de la princesse se furent taries. Depuis que Cantin et toi êtes arrivés, nous avons eu tant de préoccupations... Mais ce n'est pas une excuse... S'adapter à Tyrtel ne doit pas être une tâche aisée pour une Yprienne, et j'aurais dû t'offrir un meilleur support.

Isaya regarda la mère de Cantin, ne sachant quelle attitude adopter. Elle était si peu habituée à une telle gentillesse qu'elle restait sans voix. Amna de Tyrtel poursuivit sur un ton un peu plus sévère :

— D'abord, raconte-moi ce qui s'est passé tout à l'heure sur la terrasse.

La jeune fille entrouvrit les lèvres, mais s'arrêta, sachant que l'explication qui lui venait en tête ne conviendrait pas. Devant son hésitation, la duchesse continua, plus doucement cette fois :

— J'ai lu des rapports traitant du climat social qui prévaut en terre d'Ypres et je sais comment les choses se déroulent chez vous. Toutefois, si tu veux réellement aider tes sujets lorsque tu règneras, tu devras briser le moule dans lequel tu as grandi et apprendre à les respecter. Être noble ne te donne que des devoirs, aucun droit. Je pense d'ailleurs que tu t'en es aperçue toi-même depuis quelques jours, non ?

Ces paroles heurtèrent Isaya, d'autant plus qu'elles faisaient écho aux enseignements de son défunt tuteur, Talon de Bartel. L'adolescente avait maintenant l'impression intolérable d'avoir trahi le souvenir de celui qu'elle considérait comme son père de cœur… N'avait-elle donc rien appris en côtoyant Zarco, lui qui valait bien mieux que nombre de nobles de naissance ?

— Je sais que ce qui se passe à l'heure actuelle est pénible pour toi, reprit la duchesse. Livrer la Clef de voûte à Isée n'a pas dû être facile. Tu nous as confié le sort d'Ypres et cela doit être une décision très lourde à porter…

À ces mots, Isaya fut prise d'un nouveau spasme et les larmes se remirent à couler en abondance. Amna de Tyrtel la pressa contre elle et, caressant ses cheveux, tenta de la réconforter. Or, ces gestes eurent l'effet contraire sur la princesse, dont les sanglots redoublèrent d'intensité. Devant toute cette douceur, Isaya se sentait si vide. Si vide et sans défense. Et profondément seule.

— Je te promets qu'Éloi et moi ferons tout ce qui est en notre pouvoir pour instaurer la paix entre nos deux royaumes. Isée n'occupera pas Ypres plus longtemps qu'il ne le faut et il n'y aura pas de massacres. Fais-nous confiance… Tu ne le regretteras pas.

Ces assurances rassérénèrent Isaya, qui reprit progressivement son souffle avant de se moucher bruyamment. Elle ébaucha un sourire à l'idée que sa mère aurait été scandalisée devant son inélégance : « Une princesse ne se mouche pas le nez comme une trompette ! Ce ne sont que les vulgaires palefreniers qui agissent ainsi ! »

— Qu'est-ce qui te fait rire ? fit la duchesse, intriguée.

— Rien, rien du tout...

Amna de Tyrtel sourit et sembla décider qu'il valait mieux ne pas insister, surtout en cette soirée chargée d'émotions.

— Si jamais tu ressens le besoin de parler de quoi que ce soit, Isaya, sache que ma porte t'est ouverte. Je serai toujours heureuse de t'écouter. Avant de conclure, toutefois, il y a un autre sujet dont j'aimerais m'entretenir avec toi... Il s'agit de Marita et de Cantin...

À la mention des deux adolescents, Isaya se raidit brusquement.

— Tu es intelligente et tu as sans doute compris la nature de la situation... Bien sûr, je savais qu'ils étaient très liés et que Marita avait mal accepté le départ de Cantin, mais je ne croyais pas que leur histoire était aussi sérieuse. Je comprends que tout cela est difficile pour toi, néanmoins pourrais-je te demander d'être plus délicate, à l'avenir ? Tu me ferais une grande faveur.

Une soudaine pointe de colère envahit Isaya. Comment pouvait-elle exiger cela ? Cantin était... était... La duchesse prit ses mains entre les siennes.

— Je sais que Cantin est pour toi, d'une certaine manière, ton seul véritable allié et que tu veux protéger cela. Mais j'aimerais que tu fasses un effort durant les prochains jours. C'est que, vois-tu, je dois me rendre d'urgence à Janance. Il faut que je parte au cours de l'heure qui vient si je veux être sur place pour la prochaine réunion du Conseil royal. Mon mari, pour sa part, doit quitter Tyrtel tôt demain matin avec l'expédition se rendant à la Voûte des mages. Nous partirions l'esprit plus tranquille si nous avions la certitude qu'il n'y aura pas d'autres incidents durant notre absence...

Ces paroles ramenèrent Isaya à elle-même. La mère de Cantin voyait-elle clair dans ses motivations ? Était-ce simplement pour cette raison qu'elle était jalouse de Marita ? Parce que, à cause de leur mariage, Cantin était devenu la seule personne sur laquelle elle était absolument certaine de pouvoir compter ?

Sa réflexion fut interrompue par quelqu'un qui cognait contre la porte du cabinet. Amna de Tyrtel se leva et alla répondre.

— Je suis désolée, s'excusa-t-elle en revenant vers Isaya, mais je dois partir tout de suite. Il faut que je discute avec mon frère avant de me rendre dans la capitale. Cependant, promets-moi que tu agiras comme il convient avec Marita.

La princesse se sentit acculée au pied du mur. La duchesse lui avait prodigué tant d'affection... Elle était si gentille avec elle... Comment pourrait-elle refuser ? Comment pourrait-elle la décevoir ?

— C'est promis, murmura-t-elle d'un ton monocorde.

— Merci... Sache, d'autre part, que je connais bien mon fils : je ne crois pas que tu aies quoi que ce soit à craindre de Marita. Cantin et toi avez vécu des événements terribles ensemble et, qu'on le veuille ou non, les épreuves rapprochent. Et puis vous partagez de grandes responsabilités, de bien trop grandes responsabilités...

Sur ces mots un peu tristes, la duchesse signifia à Isaya de la suivre et elles quittèrent la pièce. Tandis qu'elle sortait, l'adolescente songea qu'elle avait entière confiance en Amna de Tyrtel. Si l'ensemble des Iséens s'avéraient aussi ouverts qu'elle, les choses se dérouleraient bien. Mais il était fort peu probable que tous soient aussi tolérants. Nombre de scénarios horribles pouvaient encore survenir...

▲ ▼ ▲

— Cantin ! Cantin ! Réveille-toi !

L'adolescent ouvrit les paupières, ses sens engourdis par le sommeil.

— Quoi ? Qu'est-ce qu'il y a ? marmotta-t-il.

— Debout ! Il faut que tu voies ce que nous avons trouvé !

La vision de Cantin s'éclaircit et il aperçut Zarco, penché sur lui dans la pénombre de la chambre. Ce dernier paraissait sous le coup d'une joie exubérante.

— Mais qu'est-ce qui te prend de me réveiller en pleine nuit ? Qu'y a-t-il ? De quoi parles-tu ?

— Nous n'en sommes pas sûrs, expliqua son frère à grande vitesse. Il s'agit d'un des livres que j'ai rapportés de la Chambre alchimique. Je crois que j'ai gagné le gros lot ! C'est un livre magique ! Je n'avais jamais rien observé de la sorte auparavant ! Ça ressemble à un très vieux journal intime. Et puis c'est écrit en endéen, la langue ancienne dont découlent l'iséen et l'yprien. Marita et moi avons traduit quelques passages et tu dois absolument les lire. Il faut que tu viennes avec moi. Elle nous attend à la bibliothèque.

Cantin sentit aussitôt son intérêt naissant pour la découverte de Zarco s'estomper. Il fit la moue.

— Je n'ai pas envie d'affronter Marita. Pas pour le moment, en tout cas… Est-ce que ça peut attendre ?

À cette réplique, Zarco prit un air sérieux.

— Comme tu peux t'en douter, Marita et moi avons longuement discuté, dans le grenier... et je crois que ça ira. Il faut simplement qu'elle s'adapte à la situation, comme nous tous d'ailleurs.

— Non, c'est toi qui ne comprends pas. Ce n'est pas seulement à cause du... du mariage avec Isaya. C'est que je ne me sens plus... C'est que je me sens très loin d'elle... et que je ne sais pas comment le lui expliquer.

— Oui, je sais, nota son frère, l'air morne. J'ai bien perçu qu'il y avait quelque chose de ce genre quand j'ai vu ta réaction hier, dans la salle à manger. Mais de toute manière, vous ne pouvez pas vous éviter. Vous devrez vous côtoyer au quotidien pour je ne sais combien de temps. Il faudra que vous appreniez à vivre avec... Il reste que, dans l'immédiat, j'ai réussi à consoler Marita. D'ailleurs, elle est de bonne humeur: ma découverte la passionne. Et puis, quoi qu'il en soit, tu dois venir, c'est trop important. Si c'est vrai, tout pourrait changer. Absolument tout.

IV

Rytart de Boa

D'ordinaire, une fois la nuit tombée, l'atmosphère de la bibliothèque de Tyrtel s'avérait quelque peu lugubre, car l'éclairage diffus des torches accrochées aux murs projetait des ombres dans tous les recoins. D'aussi loin qu'il se souvienne, Cantin avait toujours eu peur de se promener seul dans les allées sombres à la recherche de quelque bouquin. Avec les années, cette crainte s'était transformée en un malaise dont il n'était pas encore parvenu à se départir complètement. Ce soir-là, cependant, l'éclairage alchimique puissant qui baignait l'endroit le détendit et il regretta que la génératrice alchimique ne puisse être activée en tout temps.

À peine entré dans la bibliothèque, Zarco se dirigea rapidement vers Marita, qui prenait place à l'autre extrémité de la salle d'étude, près des premiers rayonnages.

Cantin hésita, puis finit par se résoudre à suivre son frère. Au moins, Isaya était absente, ce qui rendrait les choses moins difficiles. Il avait bien pensé l'inviter, convaincu qu'il était que cette trouvaille de Zarco l'intéresserait, mais il avait finalement décidé qu'il valait mieux attendre que la poussière retombe avant de mettre à nouveau les deux adolescentes en présence l'une de l'autre.

Au bruit de leurs talons sur les tuiles du plancher, Marita leva la tête. Cantin se sentit alors embarrassé. Cet embarras ne dura toutefois pas, ou plutôt, il fut atténué par le timide sourire qui s'inscrivit sur les lèvres de son amie.

— Bonsoir… lança-t-elle, d'une voix mal assurée.

Cantin n'eut pas le temps de répondre que Zarco, dans un élan d'enthousiasme débordant, avait déjà bondi vers Marita.

— Est-ce que tu as trouvé la signification du mot « azatofarre » ? As-tu pu traduire d'autres passages ?

— Quelques lignes. Mais c'est très difficile. Même les dictionnaires d'endéen que nous avons dénichés ne sont pas toujours utiles. Il y a beaucoup trop de mots pour lesquels je ne trouve aucune référence.

Cantin sentit son cœur s'emballer. Dans ses cours, il avait appris qu'il n'existait qu'une poignée de textes en endéen, la plupart à teneur religieuse. Si le document qu'ils avaient entre les mains était bel et bien un journal intime, comme Zarco l'avait soutenu, ce serait une découverte majeure. Un texte comme celui-là pourrait offrir un témoignage direct sur l'exil de la terre d'Endée.

Les mythes racontaient en effet que les ancêtres des hommes d'Ypres et d'Isée avaient été chassés du pays des dieux, du pays de toutes les alchimies, il y avait de cela plus de mille ans. Quoique ce document puisse avoir une valeur historique indiscutable, Cantin ne concevait pas encore très bien comment il pourrait empêcher la Septième Guerre...

— Êtes-vous sérieux ? demanda-t-il aux deux autres.

— Oui ! Oui ! Et ce n'est pas tout ! s'enflamma Zarco. Dis-lui, Marita !

Le visage de l'adolescente s'éclaira.

— Il semble qu'il s'agisse du journal intime d'un certain Rytart de Boa, un chevalier ayant appartenu à la garde rapprochée du roi Salmar IV d'Endée. Mais ce n'est pas ça le plus incroyable...

Cantin observa son frère qui tressautait d'excitation, se contenant avec une extrême difficulté.

— Arrête de le faire languir, Marita, et explique-lui !

— Tiens, lis-le toi-même. Ce sera mieux ainsi, fit la jeune fille en tendant une feuille de papier à Cantin. C'est une des entrées les plus courtes du journal. J'ai placé des étoiles lorsque nous ne comprenions pas un passage ou un mot. Entre parenthèses, j'ai inscrit ce dont nous sommes incertains.

Le garçon prit la feuille et l'approcha de ses yeux. La vue de l'écriture ronde, aérée et toute féminine de son amie lui serra le cœur...

2 rythma 2759

Nous avons (combattu?) les axoumas durant toute la journée. Mes (hommes?) sont épuisés. **** les armes (alchimiques?) ne fonctionnent plus, les ****. Nous **** mais l'évacuation (ne se fait?) pas assez vite. Les axoumas nous (massacrent?). Comment ont-ils pu (vider?) toutes les **** (alchimiques?) de leur énergie? C'est la fin (du monde? de tout?). La seule (possibilité?) qui nous reste est de fuir Endée vers les nouvelles (terres?).

— Êtes-vous certains de cette traduction? s'écria Cantin en brandissant le brouillon à bout de bras. Est-ce que vous savez ce que cela signifierait?

— Oui, nous l'avons saisi tout de suite nous aussi, répondit Marita, l'air solennel. Si c'est vrai, s'il s'agit d'un témoignage véritable et non d'une fiction, cela veut dire qu'il y a peut-être une manière de désactiver les armes alchimiques...

— Il faut que vous traduisiez plus de texte! Nous devons en connaître davantage!

Tandis que Cantin s'exclamait, les gonds du portail principal de la bibliothèque grincèrent derrière lui.

— Ah! Vous voilà donc, tous les trois! intervint une voix puissante que l'adolescent reconnut comme étant celle de son père.

Se retournant, il aperçut le duc et monsieur de Conti qui traversaient la salle à grandes enjambées.

— Je suis content de constater que les choses se sont aplanies entre vous, enchaîna Éloi de Tyrtel en observant Marita et son fils. Il n'en reste pas moins qu'il est grand temps d'aller vous coucher. Il est près d'une heure du matin.

— Mais, commença Cantin, nous avons trouvé un livre dans la…

Ne sachant pas si discuter de la Chambre alchimique devant monsieur de Conti s'avérait judicieux, il s'arrêta net.

— Et vous pourrez continuer à le lire demain, reprit le duc. En attendant, au lit!

Au ton de son père, Cantin sut qu'il ne servirait à rien d'argumenter. Il n'aurait pas gain de cause, quoi qu'il avance. À ses côtés, Marita et Zarco paraissaient aussi de cet avis et avaient commencé à ramasser les livres et les feuilles qui parsemaient la table de travail. Une fois cette tâche accomplie, le groupe se dirigea vers la sortie.

— Un autre détail, les garçons, déclara le duc. Votre mère est partie pour Janance, il y a vingt minutes. Elle vous salue, vous embrasse et vous demande d'être responsables. Quant au vice-roi et moi, nous quittons la citadelle demain à l'aube avec l'expédition qui se rend à la Voûte des mages. Monsieur de Conti s'occupera de vous tous pendant que nous serons absents. Je vous fais confiance pour que les choses se passent bien.

En apprenant que l'érudit serait en charge d'eux, Cantin regarda l'homme qui se dressait à sa gauche. Il aimait bien monsieur de Conti, néanmoins il pressentait que le membre de l'ordre de la Clef risquait d'être une nuisance dans les circonstances, étant donné la nature de la découverte de Zarco. Il était encore trop tôt pour se prononcer de façon définitive sur le sujet, mais le journal intime du chevalier Rytart de Boa avait le potentiel de mettre en doute certains dogmes fermement établis… Ces *axoumas* qui chassaient les hommes d'Endée, par exemple, ne ressemblaient en rien aux dieux dépeints dans les textes sacrés… Se pouvait-il que l'ensemble des croyances concernant l'exil du pays de toutes les alchimies reposent sur des faussetés ? Chose certaine, les religieux lutteraient bec et ongles pour éviter une remise en question aussi fondamentale.

▲ ▼ ▲

C'est la lumière mauve rayonnant dans sa chambre qui sortit Isaya de ses songes et la ramena brutalement à la réalité. Les yeux encore bouffis de sommeil, elle sentit instantanément la chape de ses angoisses la recouvrir et eut envie de rester sous les draps, sans bouger. Pour l'éternité. Cependant, elle savait que cela ne servirait à rien, que si elle laissait libre cours à ce penchant, elle ne ferait que s'enliser. Mieux valait s'activer. Peut-être monsieur de Conti accepterait-il de lui donner une leçon d'iséen ce matin ? Cela lui avait changé les idées, la veille, non ?

La princesse s'extirpa de son lit et entreprit de s'habiller. Ses gestes étaient lourds et se vêtir fut long et pénible. Quand sa toilette fut finalement terminée, l'adolescente quitta ses appartements pour se diriger vers la salle à manger, où un petit-déjeuner l'attendait tous les jours. Or, cette fois-ci, Isaya ne trouva qu'une salle désertée. Elle regarda l'horloge au mur : c'était pourtant l'heure fixée par les parents de Cantin pour le repas matinal. À ce moment, elle se souvint que le duc et la duchesse avaient quitté la forteresse et supposa que, en leur absence, les repas devaient se prendre à la cuisine. Cette idée réveilla en elle une voix qu'elle fit taire aussitôt, se rappelant Talon de Bartel et les propos que lui avait tenus Amna de Tyrtel, la veille : non, manger aux cuisines n'était pas avilissant pour une noble de sang royal...

Parvenue dans la pièce attenante aux fourneaux, Isaya vit que la table avait été mise et que trois couverts avaient déjà été utilisés : Cantin, Zarco et Marita étaient passés par ici... La jeune fille se demanda où ceux-ci pouvaient bien se trouver. Mais comme elle n'était pas pressée de les revoir à cause de la commotion que son commentaire mesquin avait provoquée, elle ne poussa pas cette réflexion plus loin et s'assit. Elle prit alors une brioche, de la confiture aux fraises et une pomme, seul fruit frais disponible toute l'année en Isée, à cause de la froidure hivernale.

Après s'être restaurée, Isaya partit en quête de monsieur de Conti. Tout en marchant vers les appartements de ce dernier, elle passa devant le portail de la bibliothèque et décida d'y entrer, au cas où le religieux y travaillerait. En ouvrant la grande porte, elle vit plutôt Cantin, Zarco et Marita attablés au fond de la salle d'étude. Les adolescents, qui avaient tous trois le nez dans un bouquin, ne semblaient pas avoir remarqué son irruption. Cette attitude studieuse parut particulièrement curieuse à Isaya... voire même suspecte.

Tandis qu'elle avançait vers eux, les paroles de la duchesse lui revinrent à l'esprit : *Marita n'est pas une menace...* L'Yprienne soupira. La mère de Cantin avait peut-être raison, mais cela n'éliminait pas son trouble :

elle ne pouvait tolérer la possibilité que le garçon lui préférât Marita. Malgré tout, Isaya décida de faire de son mieux afin d'être agréable avec sa rivale, ne serait-ce que par gratitude envers Amna de Tyrtel.

— Bonjour Marita ! Bonjour Cantin ! Bonjour Zarco ! lança la princesse avec toute la chaleur qu'elle pouvait dégager dans les circonstances. Que faites-vous ici de si bon matin ?

Cantin leva la tête, étonné : l'attitude d'Isaya, bien qu'un peu rigide, laissait croire qu'elle tentait d'effacer l'esclandre de la veille, ou à tout le moins de le mettre derrière eux. Cela le soulagea, car une partie de lui avait craint que la princesse ne revienne définitivement au comportement exécrable dont elle avait fait montre lors de leurs premières rencontres, dans le royaume des mers. Le jeune homme nota néanmoins que le visage de Marita s'était assombri. Du coin de l'œil, il aperçut son frère passer doucement sa main dans son dos, pour la soutenir. Afin d'écarter le malaise qui s'installait, Cantin enchaîna rapidement :

— Zarco a fait une trouvaille extraordinaire dans la Chambre alchimique : un vieux journal intime. Marita nous aide à le traduire. Raconte-lui, Zarco !

Ce dernier ne se fit pas prier et expliqua avec joie ce qu'ils avaient découvert, ajoutant que, sans l'apport essentiel de Marita, ils ne seraient pas aussi avancés dans la traduction. Ce compliment tira un petit sourire crispé de l'intéressée. Lorsqu'il eut terminé de parler, Zarco tendit à Isaya la feuille sur laquelle était écrit le premier passage qu'ils avaient percé à jour.

L'adolescente retint un soupir : comme elle le craignait, le texte était rédigé en iséen… Se pinçant les lèvres, elle le parcourut lentement, mais dut arrêter sa lecture à plusieurs occasions pour demander des éclaircissements à ses compagnons.

— Vous croyez que c'est vrai ? Qu'il ne s'agit pas de fiction ? s'exclama-t-elle après avoir compris l'essentiel du document.

En guise de preuve, Zarco lui présenta le livre.

Isaya saisit le volume et l'observa avec attention. Le premier détail qui la frappa fut la couverture de cuir noisette qui prenait des reflets cuivrés sous une source de lumière. Aucune inscription, à l'exception du chiffre « six » qui semblait avoir été calligraphié à la main sur la tranche. L'encre argentée dont s'était servi l'auteur était ternie par le temps. Ouvrant le livre délicatement, la princesse aperçut sur la première page une magnifique gravure où l'on voyait un soleil doré s'élever au-dessus de l'horizon calme de la mer. Sous la gravure se trouvait un texte en endéen qui ne lui apprit presque rien, car elle ne pouvait saisir la majorité des mots. Cela lui rappela les enseignements religieux : l'endéen était la langue des dieux, alors que l'yprien et l'iséen en constituaient des versions amoindries, corrompues. Lorsque Isaya voulut tourner la page, elle n'y parvint pas : les feuilles paraissaient collées les unes aux autres.

— J'ai eu le même problème, fit Zarco en riant. J'ai emporté le livre malgré tout, parce qu'il semblait beaucoup plus vieux que les autres. Je n'ai vu des gravures comme celle-là que dans certains ouvrages très précieux et très anciens, alors… J'ai pensé que je trouverais certainement un moyen de séparer les pages sans les endommager, mais…

— Il voulait utiliser de la vapeur pour les décoller ! l'interrompit Marita, en souriant franchement cette fois. Heureusement que je l'ai arrêté : cela aurait pu bousiller le mécanisme alchimique ! Je lui ai plutôt suggéré de traduire d'abord la légende sous la gravure. C'est de cette manière que nous nous sommes rendu compte qu'il s'agissait d'instructions. Pour activer le livre, il suffit d'appuyer pendant cinq secondes sur le soleil.

De l'index, Isaya pesa sur l'astre et, après un moment, le paysage prit vie sous ses yeux : la mer se mit à onduler, les nuages à défiler et les oiseaux à tournoyer. Puis, enfin, la gravure s'estompa pour faire place à une page couverte d'une écriture serrée, presque un gribouillis.

— Maintenant, presse le coin supérieur droit pour avancer et le coin inférieur gauche pour revenir en arrière, ajouta Marita.

La princesse essaya et le texte changea. De nouvelles lignes remplaçaient les précédentes à chaque fois que le dispositif était actionné, et ce, sans que le lecteur ait à tourner la page. Quelle trouvaille extraordinaire ! Les seuls livres alchimiques dont elle ait jamais entendu parler étaient ceux qui contenaient les plus anciennes versions de la Proclamation des dieux, le grand document sacré qui nommait les péchés pour lesquels les hommes avaient été chassés d'Endée.

— Est-ce que vous avez pu traduire d'autres passages ? s'enquit l'Yprienne, avide d'en connaître plus.

— Oui, répondit Cantin. Mais il n'y a rien d'intéressant jusqu'à présent. Pour juger de ce sur quoi il fallait travailler en priorité, nous nous sommes attaqués à des entrées que nous avons sélectionnées au hasard un peu partout dans le journal. La deuxième moitié du volume semble porter exclusivement sur l'établissement du chevalier Rytart de Boa en terre d'Isée. Nous nous apprêtions à étudier la première partie plus en profondeur… En réalité, je devrais plutôt dire que Marita et Zarco allaient s'y mettre. Comme tu verras, je ne suis pas un traducteur très efficace. Je ne fais que les assister de mon mieux.

— Et pourquoi pensez-vous qu'il s'agit d'un véritable journal intime et non d'un vieux roman ?

— Le fait qu'il n'y ait rien d'imprimé sur la couverture et que les entrées soient rédigées à la main paraît indiquer que nous avons affaire à un texte original, expliqua Zarco d'un air sérieux. Bien entendu, ce ne sont pas des preuves très concluantes, mais peut-être qu'en poussant plus loin la traduction, nous trouverons d'autres éléments qui nous permettront de savoir si c'est un document authentique.

— Alors il n'y a pas de temps à perdre !

En prononçant ces mots, Isaya se sentit prise d'une violente fébrilité intérieure. Une fenêtre venait de s'ouvrir : si tout cela était vrai, et si Zarco et Marita parvenaient à traduire d'autres passages aussi pertinents que celui qu'elle venait de lire, elle pourrait peut-être utiliser cette information pour empêcher la guerre, pour neutraliser les armes alchimiques... L'avenir d'Ypres n'était peut-être pas complètement hors de son contrôle, après tout.

▲ ▼ ▲

Les quatre compagnons besognèrent avec acharnement durant toute la matinée. L'aide d'Isaya se révéla fructueuse car, à plusieurs occasions, elle fut en mesure de comprendre certains termes endéens qui existaient toujours en yprien, mais qui avaient disparu du vocabulaire iséen. Vers onze heures, Cantin déposa son crayon et passa en revue le travail qu'ils avaient accompli jusque-là. Les résultats étaient encourageants et plus il approfondissait la question, plus l'adolescent devenait convaincu qu'il s'agissait d'un vrai journal intime : la structure du texte était trop floue pour un roman, même mauvais, et la trame, clairement décousue. Ce qui était encore plus excitant, cependant, c'était le contenu de la première partie : le chevalier y fournissait des détails enthousiasmants sur le pont alchimique utilisé pour fuir Endée et, surtout, sur la soudaine désactivation de l'armement magique par ceux qu'il appelait les *axoumas*.

— Si seulement nous parvenions à nous rendre en terre d'Endée, balbutia Cantin, nous pourrions sans doute découvrir comment ces *axoumas* ont fait pour neutraliser les armes alchimiques...

Les trois autres abandonnèrent leurs tâches et le regardèrent, l'œil vif. Tous avaient réfléchi à cette possibilité, mais aucun d'entre eux n'avait encore osé énoncer l'idée, tellement elle paraissait inconcevable. Accéder au pays des dieux, c'était insensé...

— Malheureusement, dut admettre à regret Isaya, le journal ne nous dit pas où se situe l'entrée de ce fameux pont alchimique.

C'est à ce moment que la voix de Marita s'éleva dans la bibliothèque, chevrotante :

— Il s'agit peut-être des Cercles d'Endée, la Voie des dieux... suggéra-t-elle.

À ces paroles, plus un son. Le silence fut total.

Les quatre adolescents connaissaient bien le mythe de la Voie des dieux, des deux Cercles qui devaient être protégés et tenus fermés à tout prix. On racontait que, par la prière, les sœurs et les frères de l'ordre d'Endée prévenaient la réouverture de la Voie, du passage menant au monde des dieux. Grâce à leur recueillement, ils rachetaient les péchés des hommes et évitaient ainsi que le courroux divin ne s'abatte à nouveau sur l'humanité.

— Même si les Cercles d'Endée donnaient effectivement accès au pont alchimique dont traite le chevalier de Boa, comment ferions-nous pour activer le mécanisme ? lança Zarco après un temps.

Cette fois, personne n'ouvrit les lèvres pendant de longues minutes. Ce fut Isaya qui, enfin, reprit la parole :

— Je crois que nous devrions garder cela pour nous tant que nous ne sommes certains de rien, dit-elle sur un ton résolu.

Cantin et les autres opinèrent de la tête. Ils étaient tous conscients des très graves implications de leur théorie, du fait qu'elle risquait de déchaîner les passions.

D'ailleurs, s'ils décidaient d'en toucher mot à certaines personnes, parviendraient-ils seulement à trouver des appuis pour l'éprouver ? Quoi qu'il advienne, ils devraient s'assurer que l'on n'écarterait pas cette piste de solution sans l'étudier sérieusement, et ce, même si cela signifiait courir de grands risques...

V

À l'aventure, encore

À l'heure du dîner, Cantin voulut se délier les jambes et proposa de se rendre lui-même aux cuisines pour ramener de quoi manger. En effet, il valait mieux éviter de passer par l'intermédiaire d'un serviteur afin de ne pas attirer l'attention : quatre jeunes travaillant à la bibliothèque sans y être forcés par un enseignant, cela pourrait sembler bizarre aux yeux de certains...

Au retour, alors qu'il marchait sans se presser dans les corridors, un panier de victuailles au bras, Cantin se mit à penser à la signification profonde de ce qu'ils avaient mis au jour. Bien qu'il n'ait pas été élevé par des parents très pieux, l'adolescent trouvait vraiment dérangeante l'idée qu'Endée ne soit peut-être pas, en définitive, le pays des dieux, mais plutôt un endroit habité par des êtres de chair et d'os, les *axoumas*.

Semblable notion venait ébranler la fondation de sa foi, de tout ce qu'on lui avait enseigné sur les origines des hommes… Il comprenait donc sans difficulté qu'une telle révélation serait dure à avaler pour nombre de personnes. Les religieux de l'ordre d'Endée, en particulier, seraient fort probablement incapables d'accepter une contestation aussi directe de leurs dogmes. Et ceux de l'ordre de la Clef, comme monsieur de Conti, s'y opposeraient tout autant. En fait, ils s'y opposeraient même si leur découverte signifiait qu'il existait peut-être une façon d'atteindre l'objectif qui était la raison d'être de l'ordre, soit la fin du péché alchimique, que la Proclamation des dieux donnait comme la raison principale du bannissement des hommes hors d'Endée.

Bien entendu, ainsi que Cantin aurait pu – et même dû – l'anticiper, car ce type de malchance survient souvent lorsqu'on y est mal préparé, il se trouva nez à nez avec monsieur de Conti devant le portail de la bibliothèque.

— Que les dieux vous apaisent, Monsieur Cantin, fit l'érudit en inclinant la tête. Savez-vous où est la princesse ? Je voulais lui proposer une leçon d'iséen. Je crois qu'elle a beaucoup apprécié celle d'hier. Il est nécessaire qu'elle s'améliore si elle veut se sentir plus à l'aise à Tyrtel.

L'adolescent hésita un instant. Ses dernières réflexions bouillaient toujours dans son esprit.

— Nous sommes tous là, dans la bibliothèque, lança-t-il enfin. Nous nous... euh... nous nous amusons à traduire un vieux livre que Zarco a trouvé hier quand... euh... Vous savez comment sont Zarco et Marita : plus les livres sont poussiéreux, plus ils les aiment.

Le visage du religieux se fendit d'un sourire franc.

— Dans ce cas, peut-être pourrais-je vous être de quelque utilité ? Comme vous vous en doutez, j'adore moi aussi les livres qui ont du vécu.

Cantin sut tout de suite qu'il avait commis une bourde. Une énorme bourde. Si monsieur de Conti entrait dans la bibliothèque, Marita et Zarco, pris sur le fait, se sentiraient peut-être forcés de lui dévoiler leur théorie. Dans le meilleur des cas, on pouvait supposer que l'érudit serait en colère de s'apercevoir qu'ils conféraient la moindre crédibilité à ce journal, aussi ancien et magique fût-il. Et dans le pire des cas, il risquait de le confisquer en décrétant qu'un document d'une telle hérésie ne devait pas être laissé entre les mains de jeunes personnes influençables. Sans cette preuve écrite, ses compagons et lui gaspilleraient un temps précieux avant de parvenir à convaincre qui que ce soit de poursuivre la recherche qu'ils avaient entamée. Et vu la conjoncture, ils n'avaient pas le luxe de perdre du temps.

— En fait, nous en avons discuté et nous… nous voulions vous surprendre. Je n'aurais pas dû vous en parler, je suis désolé, dit Cantin en adoptant un air gêné et piteux. Nous sommes en train de traduire une partie du volume et nous voulions vous présenter le tout plus tard, pour que vous puissiez nous corriger une fois le travail accompli.

L'adolescent fut soulagé de constater qu'il avait touché la cible : les yeux du religieux pétillèrent de contentement.

— Je suis heureux de voir que vous vous occupez de manière constructive. C'est un très, très bon exercice… Vous apprendrez beaucoup. Je n'aurais pas pu proposer mieux moi-même. Venez me montrer les résultats de vos efforts dès que vous serez prêts.

— Oui, bien sûr, c'est entendu !

L'enseignant hocha la tête et, tandis qu'il s'éloignait de son pas traînant habituel, Cantin grimaça. Il s'en voulait d'avoir trop parlé. Sa maladresse avait éveillé la curiosité de monsieur de Conti ; il était maintenant certain que l'érudit chercherait à connaître de quoi il retournait exactement… Et lorsqu'il l'apprendrait, il faudrait trouver un moyen sûr de protéger le journal de Rytart de Boa, sans quoi tous leurs espoirs seraient anéantis.

▲ ▼ ▲

Depuis que Marita avait suggéré un lien entre le pont alchimique dont traitait Rytart de Boa et les deux Cercles d'Endée, Isaya avait redoublé d'ardeur au travail, feuilletant avec attention de vieux dictionnaires pour trouver la signification des mots auxquels la traduction se butait. La princesse avait déjà visité à plusieurs occasions le Cercle d'Endée situé à Miranceau – le second étant à Janance, la capitale d'Isée – et l'idée qu'il puisse véritablement s'agir d'un accès à un pont alchimique lui paraissait de plus en plus vraisemblable. Après tout, ces constructions étaient anciennes, si anciennes en fait qu'on n'avait aucune idée de la manière dont elles avaient été érigées. Et puis il y avait tant de textes sacrés qui expliquaient que les hommes avaient dû quitter Endée en passant par la Voie des dieux… Tout concordait. Il ne leur manquait plus que les détails.

— J'ai peut-être déniché quelque chose d'intéressant ! s'écria soudain Zarco avec une note d'exultation dans la voix. Dans le passage sur lequel je travaille, le chevalier traite du moment où la « porte » de la terre d'Endée a été refermée pour la dernière fois. Il indique que dix clefs…

— Laisse-moi voir ! le coupa Isaya d'un ton rude, mais surtout tendu.

Sans résister ni rouspéter, Zarco lui tendit la feuille où figurait son brouillon. Il avait saisi que ses paroles venaient de déclencher un éclair de compréhension chez sa compagne, éclair qui pour l'instant lui demeurait inaccessible. Cantin et Marita se penchèrent par-dessus Isaya alors qu'elle entamait la première ligne, son cœur martelant sa poitrine.

12 rythma 2759

[...] Le capitaine nous a choisis, mes (hommes?) et moi. Nous avons **** la porte des (voyages?) durant les dernières heures. À la fin, les axoumas étaient de (l'autre côté?), dans la grande (salle?). Nous entendions les coups de **** sur le portail. Tout était (perdu?). Nous avons fait passer les derniers (survivants?) et avons récupéré les dix clefs de (voyage?) autour du (Cercle?). Nous étions ****. Jamais nous n'aurions cru cela ****. Plus tard, le roi a pris les clefs de mes (mains?) et les a placées dans ****. Le capitaine a été chargé (de les cacher?). Il est parti à minuit. [...]

Lorsqu'elle leva les yeux, la princesse tourna la tête en direction de Cantin et, après l'avoir interrogé du regard, sut qu'il pensait la même chose qu'elle. La jeune fille n'avait pas tout compris de cette traduction rédigée en iséen, mais l'essentiel était clair... Se pouvait-il que les dix diamants qu'ils avaient vus dans l'écrin de la Clef de voûte soient les clefs dont le chevalier faisait mention ici ? Deux grosses pierres pour les entrées d'Isée et d'Ypres de la Voûte des mages, et dix plus petites pour ouvrir les Cercles d'Endée et passer d'un monde à l'autre ? Cela paraissait parfaitement logique : les Cercles n'étaient-ils pas constitués d'un obélisque central autour duquel se déployait une ceinture circulaire formée, justement, de dix colonnettes ?

— Qu'est-ce que cela signifie ? demanda Marita.

— Oui, dites-nous ! exigea Zarco qui scrutait Isaya et Cantin tour à tour, dans un va-et-vient frénétique du menton.

L'Yprienne resta muette. Pouvaient-ils se fier à Marita ? Cantin, qui n'avait pas ses scrupules, régla la question en se lançant dans des explications détaillées.

— Tu veux dire que vous avez ouvert l'écrin ? s'indigna Marita quand ce point fit surface.

À ce reproche spontané, Cantin sentit sa respiration s'alourdir. La lame tranchante de la culpabilité, bien enfoncée en lui, se rappelait à sa conscience. Devant les yeux clairs et limpides de son amie, il eut envie de s'effondrer en larmes : même elle, sa complice de toujours, trouvait qu'il n'avait pas été à la hauteur de ce que l'on attendait d'un fils de duc...

— Nous n'avons pas voulu mal faire ! répliqua abruptement Isaya. Et puis, le duc et la duchesse de Tyrtel l'ont ouvert eux aussi.

Cette révélation figea Marita d'étonnement. Cantin, lui, se sentit encore plus sombre.

— Je ne crois pas qu'ils l'aient fait, lâcha-t-il, glauque. Ils ont dit cela pour nous protéger, pour nous éviter de porter le blâme.

Un nuage passa sur le visage d'Isaya tandis qu'elle encaissait le choc. Mais était-ce vraiment un choc ? D'une certaine façon, il ne s'agissait pas d'une nouvelle pour la princesse. Au fond, elle avait toujours su qu'il en était ainsi. Elle avait accepté la déclaration du duc de Tyrtel parce que celle-ci lui convenait, tout simplement.

— Quoi qu'il en soit, on n'y peut rien ! Continuez ! trancha Zarco, visiblement plus intéressé à connaître la suite qu'à s'éterniser sur des blâmes qui ne changeraient rien à la situation. Il y avait douze clefs au total, c'est ça ?

Cantin regarda son frère et, au prix d'un effort considérable, parvint à contenir ses émotions.

— Oui, répondit-il. Il y avait deux grosses pierres et dix plus petites.

Ébranlés par cet élément qui rendait tout ce qu'ils avaient déjà découvert plus tangible, les quatre adolescents se regardèrent les uns les autres. Le pays des dieux existait et ils en avaient identifié les clefs. Cela impliquait aussi qu'il y avait probablement un moyen de mettre un terme aux guerres alchimiques…

Un silence de plomb s'établit dans la bibliothèque. En trame de fond, on percevait le murmure de la forteresse ronronnant sous l'effet de l'énergie alchimique qui coulait dans ses veines pour la première fois depuis un siècle. Après de longues minutes, ce fut Zarco qui, intenable sur sa chaise, posa enfin la question qu'ils avaient tous aux lèvres :

— Que fait-on, maintenant ?

▲ ▼ ▲

Le verdict ne fit pas l'unanimité. À l'issue d'une discussion animée où ils évaluèrent toutes les possibilités qui s'offraient à eux, Isaya, Cantin et Zarco conclurent qu'ils devaient se rendre à Janance dès que possible afin de présenter leur découverte à la duchesse de Tyrtel. Celle-ci pourrait alors rapidement convoquer une assemblée spéciale du Conseil royal. De cette manière, il n'y aurait aucune perte de temps. Marita, bien qu'elle admît qu'il valait mieux ne pas s'ouvrir à monsieur de Conti, s'opposait à ce plan hasardeux :

— Nous devons rester à Tyrtel, comme on nous l'a demandé, arguait-elle obstinément. C'est trop dangereux de sortir de la citadelle avec le conflit qui se prépare. Et puis il y a ces guerriers basaltes qui ont attaqué le convoi de l'ordre de la Clef dans la forêt de Nan. Peut-être sont-ils toujours en terre d'Isée...

Contentons-nous d'envoyer une lettre par messager dans laquelle nous expliquerons la situation à votre mère.

Tandis qu'elle parlait, Marita scrutait Cantin, l'implorant des yeux. Celui-ci, mal à l'aise, évitait tout contact visuel. Entre Zarco, surexcité et prêt à n'importe quoi, et la culpabilité qui les poussait, Isaya et lui, à agir pour racheter leur erreur, il savait que Marita était la seule à avoir gardé la tête froide. Malgré cela, son désir de mettre la catastrophe de l'écrin derrière lui en accomplissant des gestes concrets l'emportait. Il ne pouvait en être autrement. Pourtant, l'adolescente continuait à l'observer et à le faire douter. Agissait-il encore en irresponsable ? Ses parents ne l'avaient-ils pas averti de ne plus courir de risques sans en parler à un adulte, auparavant ?

De l'autre côté de la table, Zarco, qui avait visiblement décidé de servir de catalyseur afin d'éviter les frictions entre son frère et son amie, profita d'un moment de silence pour prendre le relais.

— Marita, je comprends ce que tu dis, nous le comprenons tous. Cantin inclus, affirma-t-il avec un aplomb surprenant étant donné son énervement. Normalement, nous nous rangerions derrière toi, mais le temps presse... Par ailleurs, je viens tout juste d'avoir une idée...

— Qu'est-ce qu'il y a ? À quoi viens-tu de penser ? s'exclama Cantin, sentant que Zarco s'apprêtait à lâcher une bombe.

Ce dernier sourit jusqu'aux oreilles.

— Je crois qu'il serait bon de mettre notre théorie en pratique avant d'en parler à qui que ce soit, lança-t-il, se trémoussant d'excitation sur sa chaise. Nous devons nous rendre à Janance afin de voir si nous sommes capables d'activer le Cercle d'Endée et de rétablir le pont alchimique.

— Quoi ! ? Mais voyons, tu n'y...

— Laisse-moi finir, Cantin, s'il te plaît... Comme j'allais dire, tester notre hypothèse me paraît la meilleure façon d'éviter les contretemps, de faire en sorte que les religieux ne nous mettent pas des bâtons dans les roues. De cette manière, nous pouvons être sûrs que quand la duchesse mettra le Conseil royal au courant, notre découverte ne sera pas étouffée. Tout le monde sait que l'ordre de la Clef a ses entrées dans les hautes sphères de l'Administration du royaume...

— Mais pour ce faire, nota Isaya, nous aurions besoin...

— ...des dix clefs ! Oui, c'est bien de ça que je parle. Je sais où elles se trouvent...

Devant cette affirmation, un frisson parcourut la princesse. L'idée de tester leur hypothèse, quoique terrifiante, constituait une occasion en or de s'assurer que les événements se dérouleraient comme ils l'entendaient.

— Où ça ? s'enquit-elle, impatiente, alors que Zarco étirait le suspens. Où sont les dix clefs ?

— Dans la Chambre alchimique ! lança-t-il en gloussant de joie. Je suis certain que l'écrin était dans la sacoche de cuir que père a laissée là-bas quand nous avons mis en marche la génératrice. Je mettrais ma main au feu qu'il a récupéré la clef nécessaire à l'expédition vers la Voûte des mages, mais qu'il a caché l'écrin et les autres pierres à cet endroit. Il n'y a pas de lieu plus sécuritaire dans toute la forteresse.

— Alors il faut les récupérer et tenter le coup ! Nous devons nous rendre au monastère d'Endée, à Janance, et vérifier si le journal dit vrai.

Tandis qu'elle s'exprimait ainsi, la princesse vit de biais que Cantin partageait son avis : il hochait lentement la tête d'un air sérieux et résolu. Quant à Zarco, il s'était levé d'un bond, prêt à s'élancer vers les écuries et à partir à l'instant même. Marita, elle, semblait plutôt s'être rétrécie sur son siège. Sans trop savoir d'où cette pulsion provenait, Isaya éprouva une sympathie soudaine pour celle qu'elle ne pouvait s'empêcher de considérer comme sa rivale. Peut-être était-ce à cause de la froideur de Cantin. Ou peut-être était-ce encore sa discussion avec la duchesse de Tyrtel qui l'inspirait, qui lui insufflait l'envie d'être plus gentille.

— Tu dois absolument nous accompagner, Marita, soutint-elle en essayant d'adopter des intonations douces et compatissantes. Tu es la meilleure d'entre nous au point de vue traduction. Nous aurons sans doute besoin de toi.

L'Yprienne savait que, en plus d'être la chose à faire, cette invitation avait un fond de vérité qui ne pouvait être ignoré.

Marita la dévisagea, surprise et déconcertée, tout comme les garçons.

— Oui, viens! insista enfin Zarco. Nous n'y arriverons pas sans toi.

L'adolescente demeura muette et se contenta de tourner son regard en direction de Cantin. Les yeux verts de la jeune fille embarrassaient ce dernier, tandis que l'attitude conciliante d'Isaya ne lui laissait pas d'autre avenue: la tension qui persistait entre son ancienne amoureuse et lui ne devait pas compromettre leurs plans... Il fallait qu'il se prononce.

— Bien entendu, il faut que tu viennes avec nous, fit-il en tentant de paraître convaincant et authentique. Nous devons utiliser tous nos atouts pour mener à bien ce projet hasardeux...

Lorsque ces mots eurent franchi ses lèvres, Cantin se demanda à quel point ce qu'il venait de dire était vrai: la présence de Marita ne risquait-elle pas, au contraire, de leur nuire en perturbant l'équilibre de leur groupe, déjà si fragile ?

▲ ▼ ▲

Durant les heures qui suivirent, les quatre adolescents planifièrent soigneusement leur expédition. Comme le voyage serait court – moins de deux jours de chevauchée, sans forcer l'allure – et qu'il n'y aurait pas de menace pressante dirigée contre eux, Cantin, Isaya et Zarco se sentaient plus calmes que lorsqu'ils avaient quitté Miranceau en trombe afin d'empêcher que la Clef de voûte ne passe en des mains malicieuses. En ce qui concerne les armes, les choses furent plus simples que la première fois, leur arsenal s'étant enrichi de celui des deux frères. La princesse put ainsi se doter d'un arc qui vint s'ajouter au poignard et au glaive qu'elle avait apportés d'Ypres et dont elle refusa de se départir, même s'ils étaient de qualité inférieure. Les garçons, eux, s'équipèrent d'épées, de poignards et de leurs arcs de chasse favoris. Cantin fut d'ailleurs heureux de retrouver l'arme avec laquelle il s'était démarqué lors du tournoi national junior de tir à l'arc, l'année précédente.

Seule Marita s'opposa catégoriquement à l'idée de s'armer. Devant le front commun des trois autres, elle avait finalement cédé et accepté de se rendre à Janance, mais elle restait hésitante. Elle faillit même se désister lorsqu'il fut question de se munir d'épées. À la stupéfaction de Zarco et de Cantin, ce fut à nouveau Isaya qui, avec diplomatie, la persuada de les accompagner malgré tout. Elle ne fut cependant pas en mesure de la convaincre de se pourvoir, au minimum, d'une dague.

— De toute manière, je ne saurais pas comment m'en servir! argua Marita pour mettre un terme à la discussion.

Vint bientôt le moment de récupérer l'écrin de la Clef dans la Chambre alchimique. Parce qu'ils avaient accès à la pièce secrète, les garçons furent chargés de cette tâche. Zarco, fier de pouvoir étrenner le passe-partout alchimique que lui avait remis le duc avant son départ, jura pour la septième fois au moins qu'il se souvenait du code servant à pénétrer dans la Chambre. Cantin demeurait sceptique, car lui-même n'avait pas parfaitement retenu la combinaison. Il fallait espérer que les prétentions de son frère ne soient pas que fanfaronnades… Sinon, ils déclencheraient le système de sécurité et devraient attendre, paralysés, souffrants et honteux, que le capitaine de la garnison vienne les libérer. Advenant un tel fiasco, ils ne pourraient plus dissimuler leurs intentions à personne…

La princesse observa en souriant les deux adolescents tandis qu'ils s'engouffraient dans l'escalier dérobé des appartements de Cantin. Zarco dégageait quelque chose de sympathique avec sa grandeur maladroite, sa tignasse rousse et sa démarche énergique, pour ne pas dire frénétique. Et Cantin, lui... Elle devait reconnaître qu'il avait fière allure : sa généreuse chevelure blonde ondulait sur son col et les épaulettes de sa tunique pourpre rehaussaient une carrure qui promettait de s'affirmer à l'âge adulte... Son pas, enfin, était confiant et volontaire. Rien à voir avec son premier fiancé, un noiraud d'une maigreur de cure-dent qu'elle détestait âprement, tout comme elle haïssait son géniteur, le marquis de Chamel, cet homme horrible avec qui son père avait ourdi la crise qui menaçait d'enflammer Ypres et Isée. Non, décidément, elle aurait pu tomber sur pire que Cantin...

Alors que ces pensées traversaient son esprit, Isaya remarqua que Marita la dévisageait. Elle se sentit rosir et crut apercevoir une ombre passer sur le visage de l'Iséenne.

— Bon, allons-nous à la bibliothèque, maintenant ? fit cette dernière, paraissant désireuse d'éviter le sujet. Si jamais il devenait nécessaire de traduire d'autres passages du journal intime, continua-t-elle, nous aurions besoin de livres de référence.

— Oui, partons ! répondit Isaya, tout aussi anxieuse d'écarter la question de Cantin.

Les jeunes filles gagnèrent le corridor et marchèrent à bonne allure vers les escaliers qui donnaient accès à la partie nord du château, où était située la bibliothèque. Tout en cheminant, elles gardèrent le silence. Elles ne s'étaient jamais encore retrouvées seules et, malgré leur volonté d'escamoter les tensions qui existaient entre elles, leur trouble demeurait évident. Le bourdonnement incessant du flux alchimique qui parcourait la citadelle et les reflets de lumière mauve qui empoisonnaient l'atmosphère de cette fin d'après-midi accentuaient cruellement ce malaise chez la princesse.

— Merci d'être aussi aimable avec moi, finit par bredouiller Marita en regardant toujours devant elle.

Isaya se sentit étrangement gênée :

— Je n'ai pas…

— Aujourd'hui, oui. Alors merci…

Ni l'une ni l'autre n'ajouta quoi que ce soit jusqu'à ce qu'elles aient atteint l'aile de la bibliothèque.

— Suis-moi ! dit Marita à ce point. Il y a un raccourci. Passer par l'entrée principale constituerait un détour.

Sans laisser à Isaya la possibilité de répliquer, elle s'engagea dans un labyrinthe de corridors étroits et sans fenêtres aux murs parsemés de portes closes.

— Ce sont les cabinets de travail mis à la disposition des érudits attachés à l'Université de Briand, expliqua Marita.

Comme le château était fermé au public à cause de la crise, les lieux étaient déserts, ce qui contrastait avec le reste de la forteresse où les soldats pullulaient jusqu'à l'étouffement. La princesse fut soulagée par ce répit qui lui permit de se détendre un peu. Après un temps, l'assurance presque affectée dont faisait montre Marita tandis qu'elle la guidait à travers le dédale, se mit toutefois à lui peser, lui donnant le sentiment que sa compagne cherchait à lui faire comprendre qu'elle était chez elle à Tyrtel, alors qu'Isaya n'était qu'une étrangère… Mais peut-être se trompait-elle… Peut-être interprétait-elle le comportement de la jeune fille à partir d'émotions lui appartenant en propre. Quoi qu'il en soit, Marita s'immobilisa bientôt devant une porte de bois massif, ce qui obligea l'Yprienne à mettre de côté cette impression déplaisante.

— Voilà, nous y sommes ! déclara Marita en tournant la poignée.

Les deux adolescentes pénétrèrent dans la bibliothèque et furent accueillies par l'odeur apaisante des milliers de vieux bouquins et de parchemins qui garnissaient les étagères. Isaya observa les alentours et déduisit qu'elles se trouvaient au fond de la section où s'alignaient les rangs serrés de tablettes surchargées. Sur sa gauche, à l'extrémité des longs rayonnages face auxquels elle se tenait, Isaya pouvait apercevoir les tables de chêne de la salle d'étude. Prenant l'initiative, elle avança dans cette direction.

Alors qu'elle s'approchait de la section des références, elle perçut, en provenance de la zone de travail, un froissement de papier. La princesse s'arrêta net et, faisant volte-face, agita la main pour indiquer à Marita de l'imiter, avant de poser son index sur ses lèvres.

Ramenant son attention vers la salle d'étude, Isaya se demanda pour quelle raison elle avait eu l'intuition qu'il leur fallait s'immobiliser. Cela paraissait absurde, au fond : quelqu'un manipulait du papier dans une bibliothèque, il n'y avait rien d'anormal à cela ! Pourtant, au cours de la journée, pendant qu'ils travaillaient à traduire le journal, personne n'était, ne serait-ce qu'une seule fois, entré dans la salle... Sur cette réflexion peu rassurante, Isaya fit le vide et tenta d'aiguiser son ouïe afin d'entendre ce qui se déroulait devant elle.

Sous la trame monotone du ronronnement continu de la forteresse, l'adolescente put distinguer des grommellements étouffés ainsi que d'autres bruits de papier que l'on froisse... ou que l'on défroisse ! À cette idée, Isaya comprit que quelque chose clochait et leur erreur la frappa de plein fouet : en quittant la bibliothèque, ils avaient ramassé le journal du chevalier et les feuilles sur lesquelles figuraient les passages traduits, mais pas les brouillons qu'ils avaient abandonnés dans une corbeille !

Isaya fit quelques pas sur la pointe des pieds, jusqu'à la limite des rayonnages, et s'accroupissant, étira le cou juste assez pour voir tout en demeurant invisible. Catastrophe ! Comme elle l'avait craint, monsieur de Conti était debout, appuyé sur une des tables, et parcourait leur travail en marmonnant. Si le religieux lui faisait dos, son attitude, elle, annonçait clairement qu'il fulminait. Isaya se retira et se retourna vivement vers Marita.

— Monsieur de Conti a découvert nos brouillons ! articula-t-elle, quasi inaudible. Il sait tout. Il faut avertir les autres, vite !

Devant l'air déconcerté de sa compagne, la princesse réalisa que celle-ci n'avait pas compris son murmure. Marita entrouvrit la bouche, s'apprêtant à parler. Secouant énergiquement la tête, Isaya pinça ses lèvres entre son pouce et son index. Ensuite, elle entraîna l'Iséenne jusqu'à la sortie.

— Que se passe-t-il ? Qu'est-ce qu'il y a ? s'exclama Marita lorsqu'elles furent enfin dans le couloir.

— Monsieur de Conti a trouvé nos brouillons dans la poubelle, expliqua Isaya, et il n'a pas l'air d'en être enchanté !

Marita prit une fraction de seconde pour digérer cette information.

— Nous aurions dû y penser... soupira-t-elle.

— Oui, mais maintenant, il faut agir! Monsieur de Conti ne doit pas tomber sur Zarco alors qu'il a le livre avec lui. En fait, il vaudrait mieux que nous partions pour Janance dès que possible. Si monsieur de Conti perce à jour nos intentions, il risque de contrecarrer tous nos efforts! La Grande Réconciliation en dépend...

VI

Départ précipité

Marita et Isaya pénétrèrent en trombe dans les appartements de Cantin. La chambre était vide : les deux garçons n'étaient pas encore revenus, évidemment. La princesse embrassa l'espace des yeux. Leurs bagages étaient empilés dans un coin de la pièce, sous une peinture montrant des sportifs en armure. L'adolescente soupira en voyant ces joueurs de balle-chevalière portant leurs boucliers orange et bruns. Leur air agressif donnait l'impression qu'ils s'apprêtaient à partir en guerre. Isaya avait de la difficulté à associer Cantin à cette discipline barbare. Ce sport lui rappelait beaucoup trop son frère cadet qui, contrairement à elle, avait adopté la philosophie revancharde de leur père.

— Il faut que nous cachions les bagages! lança-t-elle à Marita, ramenant son esprit à leurs problèmes actuels. Si monsieur de Conti nous fait chercher ici, on ne doit pas les voir. Autrement, nous sommes pris...

— D'accord, mais où pouvons-nous les mettre? Il n'est pas question de les emporter ailleurs: quelqu'un nous remarquerait.

Sans répondre, Isaya chercha autour d'elle. Il n'y avait aucun endroit dans la chambre où dissimuler la montagne de sacoches, de sacs et de couvertures. Elle leva les bras dans un geste d'exaspération. Pourquoi les appartements qu'offrait le château de Tyrtel étaient-ils si exigus? Dans la citadelle royale de Miranceau, où elle avait grandi, cette situation ne se serait certainement pas présentée... Volonté de simplicité, lui avait expliqué Cantin, pour ne pas évoluer dans une opulence trop éloignée des conditions de vie du peuple. Un principe louable, certes, mais qui n'arrangeait rien pour le moment...

— Ne pourrions-nous pas les placer dans le passage secret? fit soudain Marita. S'il nous est impossible d'y pénétrer sans être paralysées par le système anti-intrusion, il demeure que nous pouvons certainement y lancer notre équipement. En plus, en voyant cela, Cantin et Zarco comprendront que les choses se sont compliquées et seront plus prudents.

La princesse observa sa compagne : celle-ci dégageait une attitude moins hésitante, plus confiante que précédemment. Isaya ne sut si elle devait s'en réjouir ou s'en méfier... Après tout, l'Iséenne demeurait sa rivale, même si elle avait gagné sa sympathie.

— Bonne idée ! répondit-elle un peu froidement.

Les adolescentes se mirent à la tâche sans plus attendre, jetant un à un tous leurs bagages au-delà du pas de la porte dérobée, sur le palier de l'escalier. Quand ce fut terminé, elles s'assirent sur le lit de Cantin, essoufflées.

— Si quelqu'un vient, il faudra que nous nous cachions, nous aussi, dit Isaya.

— Oui, opina Marita. Et notre seule option, ce sera la penderie...

— J'espère que nous n'y serons pas forcées. Je n'ai pas envie d'être coincée...

Isaya se tut et se laissa tomber à la renverse sur le matelas. Marita, elle, resta assise, lui faisant dos. Sa longue chevelure dorée effleurait le tissu de l'édredon. À cette vue, la princesse sentit une vague de jalousie l'envahir. Lorsqu'elle se comparait avec la belle Iséenne, elle avait l'impression que ses yeux bridés couleur noisette, son teint foncé et ses cheveux noirs étaient très, très ordinaires... Il lui semblait évident que Cantin ne pouvait que lui préférer Marita... Cette pointe de jalousie, quoique bien sentie, ne dura toutefois qu'un moment, puisqu'elle fut rapidement noyée par l'irruption d'un trouble plus intense et plus pressant encore : ils ne devaient en aucun cas permettre à monsieur de Conti de leur faire obstacle, car le moindre délai risquait d'être coûteux en vies humaines. La Septième Guerre pouvait éclater à tout moment, et c'était sans compter l'animosité qui serait ravivée entre Ypres et Isée : même si le conflit était bref, les plaies ne se refermeraient pas avant des lustres.

Le fil de ses pensées fut brusquement interrompu par des coups frappés à la porte de l'antichambre. Cinq coups pesants et distincts, même à travers le mur qui les séparait de cette pièce. Une personne insistante et pressée, ou alors en colère... Marita se retourna et regarda Isaya, les yeux exorbités, sollicitant des directives.

— Vite ! Dans la penderie, s'écria celle-ci à mi-voix.

Les jeunes filles bondirent sur leurs pieds et franchirent la courte distance qui les séparait du meuble. Marita ouvrit la porte d'un geste anxieux, pour découvrir que l'espace était rempli de vêtements à pleine capacité.

— Nous n'entrerons jamais toutes les deux là-dedans ! s'inquiéta-t-elle, affolée.

— Vas-y d'abord ! rétorqua la princesse d'un ton ferme.

Marita s'introduisit dans le placard sans trop de difficulté, mais il fut dès lors clair qu'il n'y aurait pas de place pour Isaya. Et il était impossible de retirer des vêtements : un monticule de pantalons et de tuniques sur le lit attirerait la suspicion de qui pénétrerait dans la pièce. De toute manière, elles n'avaient pas assez de temps...

Trois autres coups impatients retentirent en provenance de l'antichambre, augmentant le sentiment d'urgence qu'éprouvait Isaya. Une voix rugit quelque chose en iséen et elle saisit que l'on s'adressait à Cantin, mais comprit surtout que l'intonation était celle d'un homme très contrarié. Il lui sembla reconnaître monsieur de Conti...

Parcourant la pièce des yeux, elle chercha un endroit où se dissimuler. Il ne lui restait plus qu'une possibilité : sous le lit. Mais l'efficacité de cet expédient n'était pas garantie et si le religieux jetait un œil au ras du sol, elle serait prise. Cependant, elle n'avait pas d'autre choix... Elle fit cinq enjambées, se jeta à plat ventre et rampa le plus vite qu'elle put sous le sommier. Tout en avançant, la poussière la prit au nez, lui démangeant les narines. Elle lâcha un juron muet et continua à se tortiller jusqu'à ce que son corps entier ait disparu sous la structure du lit.

Ce fut serré car, à l'instant où elle soustrayait ses souliers au regard, des pas lourds parcouraient les quelques mètres entre la porte extérieure et celle de la chambre. De sa position, Isaya aperçut les bottillons du

121

religieux s'introduire dans la pièce. Les pieds s'immobilisèrent près de l'embrasure, trépignèrent pendant un temps, puis firent volte-face et sortirent à la hâte. Tandis que l'érudit quittait l'appartement, il lâcha en iséen une exclamation que la princesse fut incapable de comprendre, avant de refermer la porte extérieure avec fracas.

Deux ou trois minutes s'écoulèrent avant qu'Isaya ose s'extirper de sa cachette. Lorsqu'elle en sortit, son premier mouvement fut de se rendre à la penderie pour indiquer à Marita qu'elle pouvait en faire autant, que le danger était écarté. Cette dernière se dégagea de la masse de vêtements, visiblement peu rassurée.

— Est-ce que tu as entendu ce qu'il a lancé en partant ? s'enquit Isaya.

— Oui… fit sa compagne, nerveuse. Il a dit : « Que les dieux soient cléments avec eux. Ils ne savent pas ce qu'ils font. »

— Ainsi, nous avions raison de craindre sa réaction…

Isaya scruta le visage de Marita et put lire sur ses traits que ce constat la heurtait. Quand ils avaient discuté de ce sujet tous les quatre, celle-ci avait ardemment défendu monsieur de Conti, arguant que l'érudit n'était pas comme les autres religieux, qu'il saurait garder l'esprit ouvert. Elle avait maintenant la preuve qu'il n'en était rien, qu'ils ne pouvaient s'en remettre à l'enseignant et qu'ils devaient courir le risque d'aller à Janance pour tester leur théorie. Dans les circonstances actuelles, ils ne devaient compter que sur eux-mêmes pour éviter la guerre.

▲ ▼ ▲

C'est avec un sentiment d'excitation mêlé d'incertitude que Cantin entendit le portail se refermer derrière lui. La cabane à flanc de falaise où aboutissait le passage secret partant de sa chambre n'avait pas changé pendant son séjour au royaume d'Ypres. Pourtant, il lui semblait que le son du mécanisme d'ouverture revêtait une tonalité inhabituelle. Ce devait être lui qui était différent...

À quelque distance de là, Zarco, Marita et Isaya l'attendaient raquettes aux pieds, tenant les rênes des chevaux. Des nuages de vapeur se dégageaient des narines de ses compagnons et des naseaux de leurs montures. Cantin rejoignit le groupe et prit place à côté d'Achmas, son étalon à la robe d'ébène. Son premier réflexe fut de s'assurer que l'écrin contenant les clefs était solidement attaché à la selle.

Quand il s'était rendu dans la Chambre alchimique pour récupérer le coffret, l'adolescent avait été épaté par la mémoire de Zarco, qui avait déverrouillé l'entrée de la pièce sans anicroche. Malgré la confiance qu'il vouait à son frère, Cantin avait craint que leur aventure ne finisse là... Il avait été d'autant plus impressionné lorsqu'ils avaient effectivement découvert l'écrin sur une table, dans la sacoche de leur père.

Au retour, à la suite du récit des filles, ils avaient à l'unanimité décidé de devancer leur départ pour Janance et de ne pas attendre le matin. C'est ainsi qu'ils se retrouvaient à présent face à l'océan de neige de la plaine frigorifiée, tandis que le soleil de fin de journée, déjà bas, continuait sa course lente vers l'horizon.

— Bon, est-ce qu'on y va ? s'écria Isaya, impatiente. Si nous voulons atteindre le chemin avant qu'il fasse nuit, il faut partir. C'est ce que vous avez dit, non ?

— Oui, allons-y, répliqua Cantin en pensant que la princesse n'avait rien perdu de son mordant.

Les quatre compagnons se mirent donc en route. Isaya, à l'arrière, se sentait maladroite avec ces raquettes. Elle n'avait jamais marché avec de tels objets accrochés aux pieds. Néanmoins, elle appréciait leur utilité : à côté d'elle, la monture que Cantin lui avait fournie pour le voyage – Yrabelle, sa jument, n'était toujours pas remise de sa blessure – s'enfonçait profondément dans la neige. Durant les dix derniers jours, l'hiver s'était installé en force dans la plaine de Tyrtel. Il avait neigé en abondance et l'on ne pouvait plus ni marcher dans la prairie sans raquettes, ni chevaucher hors des voies entretenues. Isaya avait été témoin, peu après son arrivée au château, d'une de ces magnifiques tempêtes de neige d'Isée. Maintenant qu'elle en appréciait concrètement les conséquences, sa fascination s'était quelque peu atténuée : ils auraient avancé plus vite sans cet obstacle blanc.

Marchant devant la princesse, Cantin observait Marita, qu'il suivait de près. L'adolescente était vêtue d'une longue pèlerine rouge cerise, dont le capuchon n'était pas relevé. Par l'encolure, on pouvait apercevoir la fourrure de renard qui garnissait le manteau élégant qu'elle portait en dessous. Cela le rendit nostalgique : c'était lui qui, deux ans plus tôt, avait capturé cet animal et lui avait fait cadeau de son pelage...

Un râle vint interrompre sa réflexion et il tourna la tête vers Isaya. Celle-ci grimaçait et marmottait tout en s'efforçant de sortir de la poudreuse une de ses raquettes restée coincée.

— Il faut les garder parallèles au sol, comme je te l'ai montré, fit-il, incapable de réprimer un sourire.

— Je sais ! rétorqua-t-elle, revêche. Tu n'as pas besoin de me le répéter !

Cantin haussa les épaules. Malgré son caractère enflammé, il devait avouer que la présence de l'Yprienne le réconfortait, contrairement à celle de son amie d'enfance qui le rendait nerveux et mal à l'aise. Bien sûr, le souvenir du mariage forcé lui prenait toujours la gorge, mais il demeurait qu'Isaya partageait son fardeau, qu'elle était la seule à pouvoir le partager… Par ailleurs, s'il rencontrait un pépin, il savait qu'il pourrait se reposer sur elle, sur sa grande force. Elle l'avait prouvé en lui sauvant la vie dans la ferme… Marita, malgré toutes ses qualités, n'aurait certes pas réagi de manière aussi combative. Sans Isaya, il ne serait peut-être déjà plus de ce monde.

▲ ▼ ▲

Les quatre compagnons chevauchèrent sur la route glacée jusqu'à ce que le froid nocturne devienne trop intense. À vingt-trois heures, le vent perçant leurs bonnets et les engelures les guettant, ils convinrent de s'arrêter pour la nuit dans le prochain hameau, un village nommé Petit Ghand. Lorsqu'ils arrivèrent dans la modeste agglomération agricole, située à une centaine de kilomètres à l'ouest de Briand, ils n'eurent pas à chercher bien longtemps l'unique auberge de l'endroit : il s'agissait du seul édifice encore illuminé dans la rue principale.

Après avoir attaché son cheval à un des pieux plantés à cet effet devant la façade du bâtiment, Cantin s'avança vers l'entrée, qu'éclairaient deux torches alchimiques. Un écriteau défraîchi indiquait le nom de l'établissement : « Auberge des Trois Dindons ». Ce nom fit sourire l'adolescent. Comme il s'était porté volontaire pour s'occuper de l'enregistrement, Cantin poussa la lourde porte et pénétra dans une grande salle à manger bondée de gens. La fumée des pipes le prit alors à la gorge et il toussa bruyamment. Face à lui, un homme grassouillet vêtu d'un tablier souillé contourna le bar. Tandis qu'il s'approchait pour l'accueillir, le tenancier l'évalua du regard puis, jugeant probablement à ses habits qu'il était noble, afficha un air de fausse majesté qu'il accompagna d'une sorte de révérence informe.

— Désolé, mon jeune seigneur, mais je n'ai plus une seule chambre libre ce soir, lança-t-il d'un ton peu cérémonieux par-dessus le brouhaha des clients. Avec la guerre et tous ces soldats sur la route, je fais des affaires d'or, ajouta-t-il en émettant un gloussement porcin.

Si cette annonce n'avait pas été aussi contrariante, Cantin aurait trouvé difficile de ne pas s'esclaffer devant le rire grotesque de l'aubergiste. Mais l'idée de se retrouver sans logis par ce froid ne l'enchantait guère…

— N'y a-t-il pas un lieu où nous pourrions nous reposer au chaud, mes amis et moi ?

Bien que Cantin ne puisse saisir ce qu'il y avait de comique en l'occurrence, l'homme gloussa à nouveau.

— Il y a bien le grenier de l'écurie, si l'idée de dormir avec les animaux ne froisse pas votre seigneurie, répondit le tenancier.

— Ce sera parfait, répliqua Cantin, décidé à couper court à cette conversation désagréable. Pourriez-vous nous servir à manger pendant que nous menons nos montures à l'écurie ?

— Sans problème, mon seigneur. Allez mettre vos chevaux dans votre chambre et un repas vous attendra à votre retour, fit l'aubergiste, narquois.

Cantin retourna à ses compagnons en songeant que si l'attitude du propriétaire présageait de la qualité de sa cuisine, leur souper serait peu appétissant. Quelque chose lui disait que la paille et l'avoine des chevaux seraient plus ragoûtantes... Fallait-il interpréter cela comme un signe du destin leur indiquant qu'ils auraient dû rester à Tyrtel au lieu de se lancer ainsi à l'aventure ?

▲ ▼ ▲

Comme il fallait s'y attendre, la princesse fut la seule à regimber à l'idée de passer la nuit dans l'écurie. Les autres prirent la nouvelle avec plus de philosophie. C'était tout de même mieux qu'un banc de neige...

— Si tu y tiens, tu peux te coucher sous l'arbre effeuillé qui se dresse au bord de la route, rétorqua Cantin à Isaya qui s'entêtait. En t'enterrant sous la neige, tu survivras probablement... Et puis, de toute façon, je ne comprends pas pourquoi dormir dans la paille te trouble à ce point : ça ne peut certainement pas être pire que dans la grange, après la bataille de la forêt de Nan. À ce que je sache, cette expérience ne t'a pas traumatisée outre mesure, non ?

Cette offensive verbale mit un terme à la discussion et le jeune homme fut satisfait de constater qu'il connaissait maintenant sa compagne : pour mettre rapidement le holà à ses sautes d'humeur, il suffisait de la prendre par les cornes.

Quand ils eurent dessellé leurs montures et déposé leurs bagages parmi les bottes de foin, Cantin prit avec lui l'écrin de la Clef et les adolescents revinrent vers le bâtiment principal. L'écurie étant située dans la cour, ils pénétrèrent dans la salle à manger par la porte arrière. En mettant le pied à l'intérieur, la première chose que remarqua Isaya fut l'odeur de sueur musquée qui y régnait, odeur à laquelle s'ajoutait celle de la fumée grisâtre du tabac. Ce bouge était décidément à des lieues de ce à quoi on l'avait habituée en tant que future reine…

La salle, comme l'auberge, était remplie à pleine capacité. Les jeunes durent donc se résoudre à partager la table de deux hommes vêtus d'uniformes d'infanterie. Le terme « table » s'avérait d'ailleurs exagéré : constitué d'une planche grossièrement poncée posée sur des tréteaux, le meuble était pour le moins rustique. La banquette, du même acabit, se résumait quant à elle à un simple tronc d'arbre équarri auquel on avait ajouté des pattes. Isaya s'assit à l'extrémité du siège, heureuse que Zarco et Cantin aient pris les places contiguës à celles des soldats. Il aurait en effet paru étrange qu'elle ne puisse leur répondre si jamais ils s'étaient adressés à elle en langue d'Isée. Et puis quelque chose lui disait que tous ces hommes de passage dans l'auberge, tirés de force de leur vie quotidienne, éloignés de leur famille par le conflit qui s'annonçait, ne lui feraient pas très bon accueil s'ils apprenaient son identité... Elle percevait l'humeur maussade, presque agressive, qui se tapissait sous l'hilarité et la bonhomie apparentes.

Une serveuse s'approcha d'eux, un plateau sur l'épaule, et déposa des plats sur la table. Tel que Cantin l'avait prévu, la nourriture était de piètre qualité. Affamé, il planta tout de même sa cuillère dans le bouilli – un mélange informe de lard, de pommes de terre en cubes et de haricots – et la porta à sa bouche.

— Ce n'est pas très bon, hein, mon gars ? lança son voisin de gauche.

Cantin avala la nourriture, puis fit la moue :

— J'ai déjà mangé mieux...

— Eh bien profites-en, parce que ça bat les cuistots de l'armée ! répliqua le milicien en s'esclaffant. J'ai l'impression que nous allons tous y « goûter » pendant un bon moment, avec cette maudite guerre, ajouta-t-il, lâchant un autre rire, amer cette fois.

— Oui, j'imagine…

Le soldat resta silencieux, fourrageant d'une main dans sa barbe brune. Le second homme, devant lui, observa Cantin. Tandis que leurs regards se croisaient, l'adolescent surprit dans les yeux de l'adulte un éclat lui rappelant l'expression inhumaine entrevue sur le visage du militaire yprien qui avait tué un garçonnet, dans la ferme près de la forêt de Nan.

— S'ils veulent la bataille, ils l'auront! tonna l'homme en frappant la table du plat de la main. Ils auront ce qu'ils méritent, ces chiens des mers! J'ai toujours cru que la paix valait mieux, mais s'ils choisissent les armes, nous les écraserons comme durant la Sixième Guerre. Et ça, même si les prêtres soutiennent que c'est péché…

— Voilà qui est bien dit! s'exclama le premier soldat en brandissant un poing fermé.

Cantin reçut ces déclarations comme autant de coups de pied au ventre. En récupérant la Clef de voûte, Isaya et lui avaient voulu qu'Ypres ne puisse pas envahir et massacrer Isée, et non faire en sorte que le contraire survienne… Soupirant, il tourna la tête vers la princesse. Perdue dans ses réflexions, celle-ci ne remarqua pas son mouvement. Sur ses traits, une tension sombre, en résonance avec ses propres sentiments. Le danger cognait aux portes.

▲ ▼ ▲

Lorsque Cantin s'éveilla, les lueurs du matin perçaient à travers la fenêtre du grenier donnant vers l'est. Il resta étendu sans bouger durant quelques minutes, puis repoussa ses couvertures et se leva. Une fois debout, l'adolescent observa ses compagnons. Chacun d'eux s'était façonné une couche dans le foin, à proximité les uns des autres. Pour ne froisser ni Marita ni Isaya, Cantin avait laissé Zarco occuper l'espace entre lui et les deux filles. Grâce à la chaleur émise par la trentaine d'animaux présents dans le bâtiment – deux douzaines de chevaux et quelques vaches –, ils avaient pu dormir jusqu'à l'aube sans souffrir du froid.

Cantin se dirigea vers l'œil-de-bœuf par lequel entrait la lumière du soleil. La journée s'annonçait dégagée, mais froide : les glaçons qui pendaient au toit de l'écurie étaient fermement gelés et il apercevait des tourbillons de poudrerie dans la cour de l'auberge. Les chemins ne seraient pas plaisants aujourd'hui.

— Avec ce vent, ce sera frigorifiant sur la route… Crois-tu que nous atteindrons Janance avant la nuit ?

Cantin ne se retourna pas, mais resta saisi par la douceur de la voix de Marita, dont il n'avait pas perçu la présence à ses côtés.

— Je pense que nous y arriverons, fit-il, monocorde, les yeux fixés sur un nuage solitaire. Ce sera
simplement un peu ennuyeux pour nous, et pénible
pour les chevaux.

Il y eut un silence, puis Cantin entendit un craquement alors que Marita s'approchait de lui.

— Tu as de la paille partout sur tes vêtements,
nota-t-elle avec un petit rire enfantin.

À travers l'étoffe, le garçon sentit qu'elle lui frot-
tait le dos afin d'enlever les brins indésirables. Cantin
se sentit mal à l'aise devant ce geste empreint d'affection; il recevait la tendresse de Marita comme si elle
l'adressait à quelqu'un d'autre, à quelqu'un qu'il ne
serait plus jamais désormais... Pivotant sur ses talons,
il écarta doucement sa main.

— Je... Je suis désolé, bredouilla-t-il, mais ne fais
pas ça. S'il te plaît...

Son ancienne amoureuse le regarda intensément.
Des larmes perlaient aux coins de ses grands yeux
verts.

— Ce n'est pas toi, marmonna Cantin. C'est simplement qu'il s'est passé tant de choses depuis mon
départ de Tyrtel...

— Tu parles comme si tu étais parti des années...
mais ça fait quelques jours à peine...

Cette remarque atteignit Cantin profondément. C'était bien pour cette raison qu'il se culpabilisait autant... Si peu de temps et de si grands bouleversements... dans sa vie, dans son cœur...

— Je sais, sauf que... sauf que tu ne peux pas comprendre, continua-t-il. Et il y a Isaya, maintenant... Nous régnerons sur Ypres ensemble, un jour.

— Oui, mais comment pourras-tu la supporter au quotidien ? Elle a un caractère de... Elle peut être si... dit Marita, d'une voix dans laquelle résonnait du désespoir et une touche de mépris très inhabituelle chez elle. Au fond, poursuivit-elle en s'approchant de lui, il n'y a rien qui t'empêche de limiter votre mariage à ce qu'il est vraiment : une alliance politique...

Il y eut un moment mort qu'aucun d'eux ne brisa. Cantin comprit qu'il était sur le point de perdre sa lutte contre les larmes.

— Je veux seulement que tu saches que tu n'y es pour rien, lâcha-t-il faiblement. Pour rien du tout. Ce sont... Ce sont les événements qui ont...

L'adolescent s'arrêta net lorsque, subitement, les yeux de Marita s'arrondirent d'étonnement. Sur le coup, il crut que c'était quelque chose qu'il avait dit, puis la jeune fille leva l'index et le pointa vers l'extérieur.

— Monsieur de Conti, là, dans la cour arrière de l'auberge ! lança-t-elle, affolée.

Cantin fit volte-face et observa le pavé en contrebas.

Comme de fait, le religieux s'y trouvait, perché sur
un cheval alezan. À côté de lui, un autre homme se
tenait sur sa monture. Un officier du régiment de cava-
lerie de Tyrtel, d'après ses habits. Près d'eux, un cheval
sans cavalier attendait, immobile.

— Catastrophe ! Nous sommes pris ! s'écria Marita.

Tournant la tête, Cantin la regarda. Elle semblait
paniquée.

— Pas encore. Réveille les autres et demande-leur
de se préparer à partir, de seller les chevaux. Et, surtout, ne faites pas de bruit ! Durant ce temps, je vais
demeurer ici et surveiller ce qui se passe. Je vous aver-
tirai s'il se dirige vers nous.

Son amie hocha la tête à quatre ou cinq reprises.
Ensuite, sans ajouter quoi que ce soit, elle parcourut en
vitesse la quinzaine de pas qui la séparaient des dor-
meurs. Pendant que ses compagnons commençaient à
s'activer, Cantin reporta son attention vers la cour.
Monsieur de Conti, toujours sur sa monture, s'adressait
à l'officier qui l'accompagnait, l'air anxieux : ses gestes
étaient saccadés et, tout en discutant, il ne cessait d'observer les alentours, comme s'il s'attendait à les voir
apparaître. Par souci de prudence, l'adolescent se colla
contre le mur : il serait moins visible dans cette
position.

Un instant plus tard, Isaya le rejoignit et se plaça à gauche de la fenêtre, adoptant une posture identique à la sienne.

— Qu'est-ce qui se passe ? demanda-t-elle d'un ton inquisiteur.

— Ils attendent quelque chose, murmura Cantin. Je ne sais pas quoi.

Alors qu'il mentionnait cela, la porte arrière de l'auberge s'ouvrit pour laisser apparaître un autre soldat de Tyrtel, suivi de près du tenancier qu'ils avaient rencontré la veille. Le propriétaire de l'établissement, un manteau détaché sur les épaules, s'approcha du religieux et lui parla à grand renfort de gesticulations.

— Ça y est, maintenant, nous sommes pris… jugea Isaya d'une voix amère.

— Je n'en suis pas certain. Il n'a encore fait aucun mouvement vers l'écurie.

Comme pour confirmer les dires de Cantin, l'aubergiste haussa un bras, mais le dirigea plutôt dans la direction opposée. Quelques secondes après, monsieur de Conti en tête, le groupe quittait la cour par la porte cochère donnant sur la rue principale. Le tenancier, lui, fit mine de retourner d'où il venait. Cependant, dès que les cavaliers eurent disparu, il se réorienta et marcha à grandes enjambées vers l'écurie.

— Que nous veut-il ? s'étonna Cantin.

— Je n'en ai aucune idée ! Viens, allons voir !

La princesse s'élança en direction de l'échelle permettant d'accéder au rez-de-chaussée. À son passage, Marita et Zarco, qui s'affairaient à ramasser les bagages, levèrent la tête. D'un signe de la main, elle leur indiqua d'attendre au grenier. Puis, atteignant la trappe pratiquée dans le plancher, Isaya se rappela qu'elle ne pouvait pas discuter elle-même avec le propriétaire... Sifflant un court juron, elle permit à Cantin de la devancer.

Les deux compagnons mirent pied à terre dans le couloir central, entre les stalles, à l'instant même où l'aubergiste ouvrait la porte du bâtiment. En les voyant, l'homme émit un long rire gras, un peu forcé, et commença à monologuer avec un débit trop rapide pour qu'Isaya puisse saisir quoi que ce soit à son verbiage. Pendant qu'il baragouinait de manière inintelligible, le tenancier lui parut encore plus ridicule que la veille, lorsqu'elle l'avait observé dans la salle à manger. Sous son manteau ouvert, elle pouvait apercevoir, recouvrant sa panse généreuse, un pyjama bleu poudre garni d'appliqués jaunes. Doublé d'un horrible bonnet de nuit rouge surmonté d'un pompon vert pâle, l'accoutrement était digne d'un bouffon. La conversation avec Cantin dura quelques minutes, puis le propriétaire s'en retourna, lâchant un dernier rire bonhomme.

— Qu'a-t-il expliqué ? Pourquoi monsieur de Conti est-il parti ? questionna Isaya dès que le tenancier fut hors de portée de voix.

Au lieu de répondre, Cantin s'esclaffa, ce qui eut pour effet de la piquer au vif.

— Dis-le-moi ! De quoi avez-vous parlé ? s'impatienta-t-elle.

Le garçon reprit son calme et la regarda, les yeux pétillants.

— Cet aubergiste est incroyable, fit-il enfin. Il croit que nous sommes en fugue ! Ce qui est un peu vrai, au fond, quand on y pense… Quoi qu'il en soit, il m'a raconté qu'il a fugué lorsqu'il avait notre âge et que c'est un de ses meilleurs souvenirs de jeunesse. Pour cette raison, parce que nous lui rappelons ses propres frasques, il a décidé de ne pas nous dénoncer. Quel personnage, avoue ! Il m'a même demandé de ne pas en glisser mot à ses enfants. Il ne veut pas qu'ils se mettent de mauvaises idées en tête…

Isaya dévisagea son compagnon sans partager son enthousiasme.

— Nous avons été chanceux, j'en conviens, lui accorda-t-elle. Si nous avions dormi dans une chambre, ils nous auraient trouvés. Il reste que ça va compliquer les choses. Il faudra être très prudent. Ils vont nous précéder tout au long du trajet.

— Non, justement, c'est ça qui est le plus beau: avant de partir, monsieur de Conti lui a mentionné que s'il avait vent de quelque chose, il pouvait envoyer un messager au temple du village. Il a dit qu'il serait là deux ou trois heures, le temps de se restaurer et de se reposer. Bref, si nous nous dépêchons, nous prendrons assez d'avance pour arriver à Janance sans difficulté. Vu la situation, c'est presque un miracle, non?

La princesse acquiesça, quasi à reculons. Oui, en effet, c'était presque trop beau pour être vrai... et donc terriblement inquiétant. Une telle chance ne pouvait perdurer.

VII

Janance

Tel qu'espéré, le voyage à travers la plaine se déroula au mieux. La température devint même plus clémente en cours de route : le ciel se couvrit, les nuages étant accompagnés d'un vent du sud qui fit grimper la température près du point de congélation. Zarco, Marita, Isaya et Cantin purent ainsi atteindre les faubourgs de Janance, la capitale d'Isée, plus rapidement qu'ils ne l'avaient prévu.

Au premier abord, la ville sembla bien terne à la princesse. Miranceau, où elle avait grandi, offrait des atours plus somptueux. Ici, point d'océan pour agrémenter le paysage, ni de montagnes desquelles la ville serait sertie – les sommets des Algades étaient visibles, très loin à l'est, mais cela n'avait rien de comparable. Non, Janance parut plutôt banale au regard neuf d'Isaya.

Ce sentiment ne s'installa toutefois pas à demeure. Très vite, les adolescents laissèrent les faubourgs de la cité, constitués de constructions récentes, pour passer l'enceinte de la ville et pénétrer dans les quartiers plus anciens et plus riches. Isaya fut alors fascinée par la magnificence des détails architecturaux qui embellissaient le moindre bâtiment : ici on remarquait un fronton ouvragé, là de magnifiques colonnes, là encore de superbes statues. Enfin, l'impression de puissance qui se dégageait des murailles de la citadelle royale acheva de la convaincre.

Les constructions défensives de la forteresse de Janance étaient en effet formidables. Les murs de pierre grise, qui s'élevaient au-dessus de la ville, étaient gigantesques, presque aussi immenses que ceux qui bloquaient le col des Échanges. Quoiqu'Isaya sût que ces fortifications s'avéraient nécessaires à cause de la géographie peu avantageuse des environs – seul le flanc sud-est était protégé par le lit de la rivière Urby –, la démonstration de force que ces structures projetaient la laissa estomaquée.

Par ailleurs, comme à Tyrtel qu'elle avait quitté la veille, la fébrilité guerrière qui semblait s'être emparée de la cité la perturbait : des miliciens portant armes et bagages pénétraient dans la capitale en un flot ininterrompu et, partout dans les rues, des groupes de soldats allaient et venaient. Si les contrôles à la porte de la ville n'avaient pas été très rigoureux, Isaya ne doutait pas qu'ils le deviendraient sous peu. Ce n'était qu'une question de jours, sinon d'heures, avant que la défense de Janance s'organise formellement. Le halo mauve du bouclier alchimique qui s'étendait au-dessus de la citadelle royale en était la preuve explicite.

La rue étroite qu'Isaya et ses compagnons suivaient déboucha bientôt sur une petite place couverte, à mi-chemin entre l'enceinte de la ville et la forteresse. C'était jour de marché et le centre de l'espace public était occupé par une multitude d'éventaires remplis de produits hétéroclites. Les cris des commerçants et les conversations des clients s'emmêlaient en un bourdonnement d'activité qui s'avéra doux aux oreilles de la princesse : cette scène quotidienne la détendit, lui rappelant que tout n'était pas encore joué.

Les adolescents traversèrent rapidement la place marchande et s'engagèrent dans une voie plus large qui les mena vers une autre place, plus grande et plus cossue que la première. Cantin et Zarco, à l'avant, stoppèrent alors leurs chevaux devant un bâtiment à l'allure imposante. Une plaque de métal apposée au-dessus du portail indiquait en lettres finement ciselées qu'il s'agissait de l'« Hôtel de la Rose des vents ».

— Comme convenu, nous déposerons nos sacs ici, puis nous irons faire une petite reconnaissance du monastère d'Endée, rappela Cantin à voix basse, afin qu'aucun badaud ne l'entende parler yprien. Mais avant cela, attendez-moi. Je vais d'abord m'occuper des chambres.

Cantin mit pied à terre et confia les rênes d'Achmas à son frère. Il se dirigea ensuite vers l'entrée de l'hôtel dont la façade, minutieusement ouvragée, présentait un style baroque tout à fait rafraîchissant. Cantin avait, en particulier, toujours apprécié les gargouilles aux traits cauchemardesques qui ornaient les rambardes des balcons.

C'est parce qu'il y était déjà descendu à plusieurs reprises que l'adolescent avait suggéré ce lieu comme pied-à-terre. Son dernier passage dans l'hôtel datait de l'année précédente, alors qu'il avait dû se rendre dans la capitale avec ses parents et sa sœur pour le mariage d'une cousine germaine. Le duc et la duchesse de Tyrtel, n'aimant pas l'atmosphère de la cour royale, préféraient en effet loger à l'extérieur de la citadelle lorsqu'ils avaient à faire à Janance.

L'hôtel de la Rose des vents était en réalité l'établissement préféré de son père, qui y descendait chaque fois qu'il séjournait seul dans la ville. La duchesse, de son côté, préférait l'hôtel du Cygne doré, dans un des quartiers du sud. Il s'agissait d'ailleurs d'un élément qui avait motivé le choix de l'endroit : Cantin savait que, ici, ils ne risquaient pas de tomber sur sa mère inopportunément. Et puis le personnel de l'hôtel était d'une discrétion exemplaire : il n'aurait qu'à glisser un mot au concierge pour que les employés restent discrets quant à leur présence. Bien entendu, si monsieur de Conti parlait à la duchesse et que celle-ci les faisait chercher, leur secret serait vite éventé... Mais de toute manière, ils n'avaient besoin que de quelques heures de répit. Si les choses se déroulaient comme prévu, ils auraient vérifié leur hypothèse à propos du Cercle d'Endée avant l'aube. Ils sauraient à ce moment si leurs espoirs étaient érigés sur du granit... ou sur du sable mouvant.

En pénétrant dans l'hôtel, Cantin fut, comme chaque fois, charmé par la somptuosité de bon goût qui caractérisait la décoration intérieure. Le plancher était recouvert d'un épais tapis vert forêt sur lequel on avait placé des moquettes plus modestes, pour protéger l'étoffe finement tissée des souillures de l'hiver. Et les murs, richement lambrissés, étaient en outre parés de magnifiques peintures anciennes représentant les dieux du panthéon d'Endée.

Comme dans l'auberge des Trois Dindons, le hall débordait d'activité. Des valets en uniforme bleu marine s'activaient, les bras chargés de valises. Les divans du salon, aménagé du côté gauche de la salle, étaient pour leur part bondés de personnages à l'air important. Cantin se dirigea du côté opposé, vers le comptoir de la réception. Un homme et une femme dans la soixantaine s'y tenaient déjà et discutaient vivement avec le concierge de service.

— Vous devez trouver une place pour nous ! Je vous répète que votre hôtel est le quatrième que nous visitons ! Je sais comment les choses fonctionnent dans la capitale : tous les établissements de renom gardent quelques suites en réserve pour leurs clients les plus prestigieux. J'exige que l'on m'en attribue une. Je suis le baron de Chambourand, après tout ! Il n'est pas question que j'aille dormir dans une simple auberge !

L'employé, un homme à la chevelure poivre et sel, ne sembla pas impressionné. Il lâcha un bref soupir, puis afficha un sourire plaqué avant de répondre :

— Je suis vraiment désolé, Monsieur. Je ne peux rien faire pour vous aider. Nous n'avons plus aucune chambre.

Le client éconduit ne le crut pas et s'empourpra.

— Vous mentez ! siffla-t-il, sa moustache frémissant de colère. Et nous le savons tous les deux !

Sur ces mots, le baron s'éloigna d'un pas lourd, suivi par son épouse qui, tout en marchant, lança par-dessus son épaule un regard empoisonné au préposé. Cantin s'avança alors vers le comptoir, attirant l'attention du concierge dans sa direction.

— Que puis-je pour vous ? demanda ce dernier, l'inflexion cassante.

Ne se rappelant pas avoir déjà rencontré cet employé, Cantin décida qu'il valait mieux ne pas faire dans la dentelle et abattre ses cartes d'emblée.

— Ne me reconnaissez-vous pas? lança-t-il d'un ton neutre.

Le concierge le scruta. Après deux ou trois secondes, ses sourcils froncés se détendirent.

— Bien sûr, Monsieur de Tyrtel. Ou dois-je dire Monsieur le Comte de Fontaubert?

— Monsieur de Tyrtel suffira, fit Cantin.

— Comme vous voudrez, Monsieur de Tyrtel. Mais, si je puis me permettre, ne devriez-vous pas être en...? La rumeur veut que...

— Je vous demanderais, Monsieur, de rester discret sur cette question et muet comme une carpe quant à mon arrivée ici, répliqua l'adolescent d'une voix ferme. Rien ne doit filtrer jusqu'à ce que mon père et ma mère me rejoignent demain. Est-ce que je me fais bien comprendre?

L'homme, qui avait perdu son expression figée, acquiesça promptement.

— Parfait! En attendant, j'aurais besoin d'une suite pour mes compagnons et moi-même. Je suis certain que vous pouvez nous arranger cela, en dépit de ce que vous venez de déclarer à ce pauvre baron.

— Cela va de soi, Monsieur de Tyrtel...

Faire partie de la famille royale offre parfois certains avantages, songea Cantin tandis que le concierge donnait des instructions à un valet. Mais par malheur, ce statut appelait aussi son corollaire, c'est-à-dire les terribles responsabilités qui lui incombaient... Il lui faudrait être à la hauteur. Il *leur* faudrait absolument être à la hauteur.

▲ ▼ ▲

Au-delà de l'agitation guerrière du moment, Isaya devait reconnaître que l'atmosphère qui régnait dans les rues de Janance lui plaisait. En général, les gens d'Isée semblaient plus calmes, moins démonstratifs. Quoiqu'elle eût déjà remarqué ce trait alors qu'elle séjournait à Tyrtel, cette caractéristique frappa clairement la princesse tandis qu'elle traversait le marché public une seconde fois. La journée tirait à sa fin et certains vendeurs avaient déjà commencé à ranger leurs produits, mais le négoce n'était pas terminé pour autant. Et c'était là que l'Yprienne percevait un contraste : les pourparlers entre clients et commerçants paraissaient moins agités, plus courtois que ceux dont elle avait été témoin dans son propre pays. Peut-être était-ce l'hiver et le froid, mais il lui semblait évident que les gens d'ici étaient moins sanguins que ses compatriotes.

Après avoir quitté le marché public, la princesse et ses trois compagnons cheminèrent durant une vingtaine de minutes dans les rues de la cité. Marita, à l'avant, guidait le groupe : ses parents possédant plusieurs commerces dans la ville, elle y passait quelques semaines par année et en connaissait les dédales par cœur.

— Nous y voilà ! fit-elle au bénéfice d'Isaya quand ils arrivèrent sur une immense place. Le monastère d'Endée est là, ajouta-t-elle en pointant de l'index la construction du côté opposé.

Les installations religieuses que vit Isaya étaient identiques à celles de Miranceau, ce qui paraissait logique puisque la même congrégation occupait les deux endroits et que chacun abritait un Cercle d'Endée. Les monastères ressemblaient en fait à de petits châteaux : des murs crénelés de pierre rouge fermaient leur périmètre et, derrière ceux-ci, on apercevait la haute tour d'un donjon. Si l'organisation des lieux s'avérait bel et bien la même, c'était dans la grande salle à la base de ce donjon qu'ils trouveraient le Cercle, les frères et sœurs d'Endée résidant dans les étages supérieurs.

En cette journée nuageuse, le portail principal de la muraille était grand ouvert et de nombreux pèlerins encapuchonnés entraient et sortaient d'un pas lent. Cette affluence était prévisible, les gens venant prier dans l'espoir de prévenir la guerre par leurs incantations. Il n'empêche que si tout ce qu'ils avaient appris dans le journal du chevalier était véridique, cela n'avait en définitive aucun sens, puisque le Cercle d'Endée n'était pas un point de contact avec le monde des dieux. Prier là n'augmenterait donc pas la probabilité d'être entendu… la probabilité d'éviter le pire.

La princesse passa la sangle de son sac d'une épaule à l'autre. Le sac oblong était lourd, plus lourd qu'il aurait dû l'être car, en plus du tapis de prière qu'il devait normalement contenir, Isaya y avait glissé son glaive, son arc et ses flèches, son poignard, sa torche alchimique, ainsi qu'une gourde d'eau. Les deux garçons, de leur côté, avaient fait de même avec leurs armes, Cantin joignant cependant à son bagage l'écrin de la Clef. Quant à Marita, Zarco avait insisté pour qu'elle soit chargée de transporter le journal intime de Rytart de Boa.

Isaya reporta son attention vers le mur du monastère, puis secoua la tête. La situation n'était guère encourageante. Elle avait espéré que le Cercle d'Endée de Janance s'avérerait plus accessible que celui de Miranceau, mais ce n'était assurément pas le cas. Comment pourraient-ils s'y introduire la nuit venue ? Il n'était évidemment pas question d'agir en plein jour, alors que le Cercle était surveillé par nombre de religieux qui se relayaient à la prière. Et c'était sans compter les pèlerins… Après le coucher du soleil, ce serait une autre histoire, car les écrits mentionnaient qu'on ne pouvait demander l'absolution des fautes des hommes alors que « l'astre de lumière n'asservissait pas les ténèbres de ses rayons salvateurs ». Encore devraient-ils trouver le moyen de pénétrer à l'intérieur, sans quoi cet atout ne leur serait d'aucune utilité…

Pendant que ces réflexions lui traversaient l'esprit, Isaya eut soudain le sang glacé par une scène qui survint devant elle : trois cavaliers surgirent dans son champ de vision, deux soldats aux couleurs du régiment de Tyrtel… et monsieur de Conti. Le religieux, fébrile, mit pied à terre, donna ses rênes à un des militaires et, se frayant un chemin à travers les croyants, franchit le portail du monastère à grandes enjambées.

— Horreur ! Qu'allons-nous faire ? s'écria Zarco à sa droite.

L'adolescent avait parlé en iséen, mais la princesse le comprit, ce qui la surprit et l'aurait réjouie en d'autres circonstances. En l'occurrence, toutefois, elle se détourna de Zarco pour jeter un œil à Cantin. Quand elle croisa son regard, elle y aperçut un reflet bien net de la solide résolution qu'elle-même venait de prendre.

— C'est tout de suite ou jamais, fit son compagnon, en mettant des mots sur leur accord implicite.

Marita, qui se tenait en retrait, s'avança vers eux. Elle entrouvrit la bouche pour parler, mais fut interrompue par Zarco qui posa une main sur son épaule.

— Ils ont raison, nous n'aurons pas d'autre chance. Je suis sûr que monsieur de Conti fera surveiller le monastère.

Cantin hocha vigoureusement la tête, secondant les arguments de son frère. Il n'y avait aucune autre solution… En route vers Janance, ils avaient d'ailleurs évoqué la possibilité que le religieux puisse se rendre directement au monastère, sans d'abord se mettre en frais de les rechercher. C'était un homme très intelligent et, comme ils le craignaient, il avait vu clair dans leur jeu. Les quatre adolescents avaient bien pensé à un plan d'action advenant cette éventualité, mais il s'agissait d'un scénario parfaitement dément. Pour cette même raison, il fonctionnerait peut-être…

Malgré l'intervention de Zarco, Marita ne semblait pas convaincue : elle frétillait sur place, troublée.

— Je vous ai accompagnés jusqu'ici, mais je ne suis pas prête à aller aussi loin, lâcha-t-elle en iséen, agitant les bras en signe de dénégation. Nous ne pouvons pas faire ça en plein jour, pas devant autant de témoins, pas sans demander la permission. Ce sera interprété comme un sacrilège très grave…

Cette réplique remua Cantin, lui rappelant l'erreur de jugement monumentale qu'Isaya et lui avaient commise en ouvrant l'écrin, et la déferlante meurtrière qui mugissait, toute proche... L'idée même de causer encore plus de dégâts lui était intolérable, mais dans le cas présent, les choses étaient différentes : si les événements tournaient au drame, ils devraient certes payer le prix et faire face aux conséquences, toutefois personne d'autre qu'eux n'en souffrirait. Comme lui, Zarco et Isaya étaient prêts à courir le risque... De toute façon, s'ils voulaient agir, ce devait être maintenant. Dans une demi-heure, il serait peut-être trop tard.

— C'est bon, Marita, attends-nous ici, convint enfin Cantin. De toute manière, quelqu'un doit avertir ma mère de ce qui se passe. Si nous ne sommes pas de retour dans trente minutes, va directement à l'hôtel du Cygne doré. Elle y loge quand elle vient à Janance. Raconte-lui tout et remets-lui le journal.

— Je le ferai, répondit Marita d'une voix rendue suraiguë par la tension.

Cantin se tourna vers Isaya afin de lui traduire la conversation, mais cette dernière l'arrêta d'un geste de la main. Ce n'était pas nécessaire. Si elle n'avait pas compris l'ensemble des propos, elle en avait du moins deviné le sens général de par l'attitude des trois adolescents.

— Allons-y, murmura-t-elle simplement en yprien.

Opinant du chef, Cantin reporta son regard sur son amie d'enfance tandis qu'elle fourrageait dans son sac, qu'elle avait déposé sur le sol. Jamais il ne s'était senti aussi loin de Marita. C'était comme si leurs univers n'avaient plus de points de rencontre. Elle ne pouvait appréhender la nature de ses obligations. Il devait se montrer digne d'un destin qu'elle ne partagerait jamais... Après un temps, la jeune fille sortit une trousse de premiers soins de sa besace et la lui tendit. Cantin l'accepta tristement et l'enfonça dans son propre sac.

Près de lui, Isaya et Zarco avaient remonté le capuchon de leur pèlerine. Il les imita, s'encapuchonnant dans le vêtement qu'il avait obtenu, comme les tapis de prière et les sacs, du concierge de l'hôtel, en prévision de leur reconnaissance du monastère. Cantin replaça ensuite la courroie de sa besace sur son épaule, puis avança à pas mesurés en direction de la muraille, de l'autre côté de la place. Ses compagnons le suivirent, adoptant eux aussi le pas traînant des croyants, auxquels ils se mêlèrent bientôt.

VIII

Au fond du puits

Lorsqu'il franchit le portail, Cantin se retrouva dans une vaste cour intérieure de forme rectangulaire, au milieu de laquelle s'élevait la tour du donjon. Tout le long de l'enceinte, à intervalles réguliers, se dressaient des statues représentant des dizaines de dieux. Des pèlerins se prosternaient devant celles-ci, leur tapis de prière étalé sur les tuiles brunâtres du pavé. L'adolescent remarqua que Ryatrelle, la déesse vengeresse de la guerre, semblait la figure la plus populaire. Une quarantaine de personnes agenouillées invoquaient en effet sa clémence par l'intermédiaire d'une psalmodie monotone qui s'élevait paresseusement dans l'air.

La majorité des visiteurs ne s'attardaient cependant pas devant les statues, préférant plutôt prier autour du Cercle d'Endée, et ainsi s'adresser à l'ensemble du panthéon des dieux. Les trois compagnons imitèrent ces gens et, gardant la tête inclinée, traversèrent la cour pour pénétrer enfin dans la Salle sacrée d'Endée. Il s'agissait d'un grand espace circulaire et sans fenêtres au centre duquel se trouvait un puits ovale. Afin d'éviter que des fidèles trop fervents n'y tombent accidentellement, un garde-corps avait été construit sur toute sa circonférence. D'où les adolescents se tenaient, à l'entrée, on n'apercevait pas le fond de cette dépression, vingt-cinq mètres sous leur niveau.

Tel qu'ils l'avaient anticipé, la Salle sacrée était encombrée de dévots. Pas moins de quatre cents personnes étaient accroupies sur le dallage de marbre, occupées à prier. Ça et là, on pouvait identifier des sœurs et des frères d'Endée qui prêchaient par l'exemple. Cantin se sentit troublé par cette scène. Et si ses compagnons et lui avaient tort ? Et si la résolution du conflit entre Isée et Ypres passait par l'obtention de la clémence des dieux ? Dans ce cas, ce qu'ils s'apprêtaient à faire provoquerait les divinités et, du coup, envenimerait la situation. Mais c'était un danger qu'il leur fallait courir.

Derrière l'adolescent, Isaya repassait leur plan dans son esprit tout en se faufilant à travers la foule. C'était insensé. Ils disposeraient tout au plus de quelques minutes pour agir. De la pure folie. Même si la zone de la Salle sacrée qu'ils avaient choisie offrait un certain espace de manœuvre, elle était si bondée que les croyants se marchaient presque les uns sur les autres. Il ne serait pas facile pour Zarco de tenir les gens en respect pendant que Cantin et elle essaieraient d'activer le pont alchimique menant à la terre d'Endée...

Quand, finalement, elle atteignit la rambarde en bordure du puits, la princesse fit mine de se préparer pour la prière, s'appliquant à dégager son tapis de sa besace tout en observant le Cercle, plus bas. Trop haut pour sauter sans se casser les os. Il n'avait d'ailleurs jamais été question de se laisser tomber jusqu'au niveau inférieur. C'était sur ce point que reposerait la réussite ou l'échec de leur tentative : la difficulté d'accès.

Identique à celui qu'Isaya avait vu en de nombreuses occasions à Miranceau, le Cercle d'Endée de Janance était dessiné dans le sable blond qui se trouvait au fond du puits. Tout au long de son tracé, dix colonnettes réfléchissant la lumière des torches alchimiques brillaient dans un chatoiement cuivré. Au milieu se dressait un obélisque de pierre noire haut d'une dizaine de mètres qui, comme les colonnettes, était recouvert de symboles alchimiques. Jusqu'à ce jour, aucun érudit n'avait su percer la nature des matériaux qui avaient servi à fabriquer ces éléments. L'œuvre des dieux, soutenaient les écrits mystiques...

Après avoir extrait le tapis de prière de son sac, la princesse le conserva dans ses bras sans défaire le fermoir qui le gardait roulé, s'assurant ainsi que ses armes n'en sortiraient pas inopportunément. Elle jeta ensuite un regard de biais vers les deux garçons pour constater que ceux-ci avaient fait de même. Comme elle, ils se tenaient debout, immobiles, incertains. Soudain, Isaya vit les traits de Zarco se tendre et comprit qu'il ne restait plus qu'une ou deux secondes avant le coup d'envoi : l'adolescent devant rester en haut et faire face à la foule, l'honneur d'allumer la mèche lui revenait.

Rapidement, Zarco déposa son tapis de prière sur le sol, puis l'étala d'un geste sec, offrant soudain à la vue son épée, son arc, son carquois, sa torche et une corde munie d'un crochet. Saisissant le filin d'une main, il bondit vers la balustrade, y assura la prise du grappin et laissa choir la corde dans le vide. Cet enchaînement ne prit qu'un bref instant, mais déjà, dans l'assistance, une exclamation fusa. Des visages stupéfaits se dressèrent et un cri discordant s'éleva, brisant l'harmonie de la psalmodie collective.

Tandis que Zarco se chargeait de la corde, Isaya et Cantin, eux, avaient lancé leurs bagages dans le puits, ne gardant que leurs gourdes et l'écrin de la Clef, plus fragiles. Cela accompli, ils se hâtèrent vers le filin. La princesse enjamba la rambarde la première. Derrière elle, la clameur enflait sans cesse. Isaya se retourna et, alors qu'elle descendait le long des premiers nœuds, nota que certains pèlerins s'étaient déjà levés, dont plusieurs religieux dans leurs toges bleu azur. Les gens gesticulaient sur place, trop décontenancés pour s'interposer. Or, la jeune fille savait très bien que cet ébahissement serait momentané : d'ici peu, on se ruerait vers eux. Elle accéléra donc la cadence et ne fut bientôt plus témoin de la scène, se trouvant maintenant dans le puits, sous le niveau de la Salle sacrée.

Dès qu'elle eut franchi quelques mètres, Cantin la suivit. Isaya put le voir qui descendait le long du filin, se servant d'une seule main, l'autre étant encombrée par l'écrin de la Clef. Quand elle fut à mi-chemin, la princesse entendit un beuglement sauvage provenant de l'étage supérieur. Zarco. De ce qu'elle comprit de l'avertissement, certains membres de l'assistance étaient passés aux actes et l'adolescent les menaçait de son épée afin de gagner du temps. Il ne pourrait pas résister plus de quelques minutes... Tout cela était pure folie. Leur plan était littéralement délirant : brandir une arme dans la Salle sacrée du Cercle d'Endée constituait une offense grave ! Plus que grave ! Il valait mieux ne pas y penser... Ne pas se laisser distraire par ce qui risquait d'arriver après... Isaya poursuivit sa descente, fouettée par l'urgence.

Lorsqu'elle posa pied sur le sable, le tumulte, qui se réverbérait en écho contre les parois, se transmua en un rugissement de fureur. La foule se récriait devant ce sacrilège inédit : quelqu'un avait osé fouler le Cercle sacré! L'Yprienne leva les yeux et aperçut Zarco, penché au-dessus de la balustrade du puits. Semblant lutter contre une force qui le tirait vers l'arrière, le garçon avait le visage convulsé par l'effort. Dans un geste ultime, il parvint à libérer un de ses bras et à couper la corde avec son poignard. Isaya retint son souffle : Cantin était encore à près de trois mètres dans les airs... L'adolescent tomba comme une pierre et, une fraction de seconde plus tard, heurta brutalement le sol, amortissant le choc comme il put en exécutant un roulé-boulé.

Autour d'eux, les cris d'indignation atteignirent leur paroxysme. Tentant d'en faire abstraction, la jeune fille se dirigea vers son compagnon et l'aida à se relever :

— Est-ce que ça va ? lui cria-t-elle à l'oreille afin qu'il puisse l'entendre malgré la clameur ambiante.

— Oui, pas trop mal ! répondit-il en se massant le bas du dos. Mais mettons-nous au travail avant qu'ils arrivent !

La princesse jeta un regard rapide à la porte qui était découpée dans la paroi de pierre du puits, un peu plus loin sur leur droite, et déglutit difficilement. C'était la porte de l'escalier par lequel les religieux accédaient au Cercle quand, lors des solstices d'hiver et d'été, ils venaient y célébrer la cérémonie de la Salvation. Assurément, d'ici quelques instants, des ecclésiastiques révoltés en surgiraient et les empêcheraient d'activer le pont alchimique menant à la terre d'Endée...

Isaya reporta ses yeux vers Cantin. Ce dernier tenait l'écrin ouvert et le lui tendait. L'un des deux gros diamants permettant d'ouvrir les entrées de la Voûte des mages était absent, mais les dix plus petites pierres s'y trouvaient toutes, chacune présentant des inscriptions différentes sur la poignée d'or ciselé qui la surmontait. L'Yprienne saisit cinq clefs, avant de faire volte-face et de courir vers la colonnette la plus près. Elle espérait que Zarco ne s'était pas trompé lorsqu'il avait juré avoir lu quelque chose à propos de cavités dans leur surface supérieure.

Tandis qu'Isaya avançait, ses bottes s'enfonçaient dans le sable profond et meuble, lui donnant l'impression de cheminer avec, sur les épaules, tout le poids de la colère des pèlerins assemblés dans la Salle sacrée. La princesse saisissait maintenant un peu mieux l'attitude de Marita... Et elle eut une image plus précise que jamais des difficultés que poserait leur découverte s'ils parvenaient à la prouver : nombreux seraient ceux qui refuseraient de voir des dogmes de la Foi être ainsi déboulonnés et qui réagiraient violemment. Néanmoins, cela signifiait aussi qu'ils avaient pris la bonne décision en agissant sans attendre et sans avertir quiconque.

Isaya atteignit la première colonnette et, s'arrêtant brusquement, faillit chuter. Après avoir repris son équilibre, elle observa la surface supérieure du pilier. Son cœur s'arrêta une seconde quand, au premier abord, elle n'y aperçut aucun creux. Le souffle court, elle passa sa main libre sur le métal afin de le nettoyer de la poussière qui y était accumulée, ce qui mit finalement au jour, sous le dépôt, une dépression peu profonde. Soulagée, elle saisit la délicate poignée d'une des clefs et l'y déposa, tête vers le bas. Le diamant s'adapta parfaitement à la cavité.

Sans tarder, l'adolescente fonça vers la seconde colonnette. Tout en filant, elle vit par-dessus son épaule que Cantin était lui aussi parvenu à mettre en place une pierre. Elle n'osa cependant pas lever les yeux vers le haut du puits. Le bruit était intolérable et, pour une fois, ne pas comprendre la langue des habitants d'Isée lui parut un bienfait...

Se concentrant sur sa tâche, Isaya passa de colonnette en colonnette, posant des clefs sur chacune. Lorsqu'elle eut terminé, elle rejoignit Cantin qui avait lui aussi effectué son travail et constata... que rien ne se produisait. La princesse se sentit alors vaciller, tanguer dangereusement : c'était elle qui avait ouvert l'écrin... Si les événements ne tournaient pas comme ils l'avaient imaginé, elle deviendrait responsable de la guerre qui s'embraserait... Au regard que lui lança son compagnon, elle sut qu'il éprouvait les mêmes émotions. Elle lui tendit la main et celui-ci la saisit et serra, fort.

La chaleur d'Isaya ne réconforta toutefois pas Cantin, qui dirigea son attention sur la porte permettant de rejoindre leur niveau. S'attendant à ce qu'elle s'ouvre à toute volée d'un instant à l'autre, il la scruta avec un sentiment de fatalisme presque intolérable. Ils avaient agi de leur mieux, mais n'étaient pas parvenus à rétablir le passage vers Endée. Peut-être ce présumé journal n'était-il qu'un roman, finalement... ou peut-être s'étaient-ils mépris quant à la manière d'activer le pont alchimique... Quoi qu'il en soit, jamais ils ne connaîtraient la vérité : ils venaient de saisir là leur seule et unique chance et ils avaient lamentablement échoué. Encore.

Soudain, comme Cantin l'avait anticipé, la porte encastrée dans la paroi de pierre s'ouvrit violemment et des religieux – deux hommes et une femme – en jaillirent, l'air courroucé. Ils firent quelques pas rapides dans leur direction, puis s'arrêtèrent subitement, sidérés par un vrombissement si assourdissant qu'il enterra le grondement de l'assistance. Les trois arrivants affichèrent alors une expression de totale stupeur. La femme, une grande blonde un peu décharnée, leva un bras et pointa le centre du Cercle. À ce geste, Cantin sortit de son propre hébétement et se retourna. Ce qu'il aperçut fit naître un sourire franc sur ses lèvres : une lumière bleutée et limpide s'élevait du sommet de l'obélisque. Le rayon lumineux montait sur un mètre, puis s'aplanissait et se courbait, créant une coupole qu'on aurait dit faite de cristal. Cette coupole s'agrandissait constamment et forma bientôt un dôme qui s'étirait dans l'air. Le mur de lumière recouvrit entièrement l'espace au-dessus de Cantin et d'Isaya, jusqu'à rejoindre le tracé du Cercle d'Endée, dans le sable.

À ce moment, Cantin remarqua que le vrombissement du début s'était mué en un faible grésillement. Il fut étonné de percevoir ce son et comprit, sans avoir à regarder la foule, que celle-ci s'était enfin tue devant ce spectacle grandiose. Quelques secondes après que la lumière eut touché le sol, ce qui semblait être une grande salle plongée dans la pénombre se matérialisa sous le dôme. Étrangement, le lieu inconnu occupait uniquement la moitié du Cercle opposée à celle où Isaya et lui se tenaient.

— Attrapons notre équipement et allons-y! fit la princesse, tendue à l'extrême. Ces trois-là vont finir par se remettre de leur surprise et ils nous empêcheront de continuer!

Isaya avait raison, ils devaient foncer. D'ailleurs, malgré une certaine appréhension, inévitable dans les circonstances, Cantin se sentait plutôt enthousiaste: si le journal du chevalier disait vrai pour le Cercle d'Endée, alors il en était assurément de même en ce qui concernait la possibilité de neutraliser les armes alchimiques. Cela signifiait qu'ils pourraient remédier à leur bévue et, avec un peu de chance, modifier le cours de l'Histoire…

Prenant ses bagages sous le bras, Cantin courut vers le centre du Cercle, Isaya sur les talons. Quand il arriva près de l'obélisque, l'adolescent eut un instant d'hésitation. Que se produirait-il lorsqu'il passerait dans le lieu sombre qui s'ouvrait en face de lui ? Il retint son souffle, se préparant à ressentir un malaise quelconque – et peut-être même un aiguillon de douleur –, puis sans plus attendre, il bondit vers l'avant, pour retomber sur le sable sans avoir perçu le moindre effet adverse. De l'autre côté, tant le grésillement que la coupole de lumière bleutée demeuraient inchangés. Cantin se déplaça de quelques mètres, s'approchant de l'endroit où le mur de lumière rejoignait le tracé du Cercle.

— Crois-tu que nous pouvons le traverser ? demanda Isaya, exprimant la pensée qu'il était lui-même en train de formuler.

— Je n'en sais rien, répondit-il.

Sans réfléchir, Cantin avança sa main gauche vers le rideau lumineux et l'y plongea. Cette fois encore, aucune douleur. Tandis qu'il tentait cette expérience, des vociférations retentirent, derrière eux. Cantin retira sa main et fit volte-face. La religieuse maigrichonne criait à gorge déployée :

— Vite ! Il faut faire quelque chose !

La sœur gesticulait, interpellant ses compagnons pour les sortir de leur torpeur, n'osant semble-t-il pas s'élancer seule dans le Cercle pour intervenir. L'un des deux hommes, qui s'était agenouillé, priait avec ferveur, imperméable à ses appels. Le second frère, lui, était toujours debout. À force d'insister, la blonde parvint à le faire s'activer et ils avancèrent lentement vers la lumière, craintifs.

Cantin, qui avait assisté à cette scène sans bouger, comprit qu'il devait réagir maintenant. Il balaya son environnement du regard et aperçut une colonnette, à un mètre de lui. Prenant une décision rapide, il saisit le diamant qui s'y trouvait et l'enleva de la cavité. Sur le coup, rien ne se produisit. L'adolescent eut le temps de percevoir la froideur de l'objet dans sa paume. Puis le dôme s'évanouit et ils se retrouvèrent dans le noir le plus complet.

▲ ▼ ▲

Lorsque la prise de l'homme qui le retenait à bras-le-corps se relâcha, Zarco ne demanda pas son reste. Alors que l'attention de tous était fixée sur la coupole de lumière qui s'élevait au-dessus du Cercle d'Endée, il se faufila entre les croyants et les religieux, puis sortit de la Salle sacrée. Dans la cour du monastère, une furieuse frénésie s'était emparée des pèlerins et, grâce à la cohue, il put sans trop de peine se rendre jusqu'au portail.

Une fois sur la place publique, Zarco prit une longue respiration afin de conserver son calme. La rumeur de ce qui se déroulait à l'intérieur des murs d'enceinte ne paraissait pas s'être encore propagée ici. Néanmoins, il ne fallait pas traîner : ce n'était qu'une question de temps avant que la nouvelle enflamme l'endroit. Il se dirigea donc en ligne droite vers la pâtisserie devant laquelle Marita était censée les attendre. Bientôt, Zarco l'aperçut à travers les passants. Déchiffrant une interrogation fébrile sur ses traits, il ne put se retenir et courut jusqu'à elle.

— Ils ont réussi ! Ç'a fonctionné ! lança-t-il à tue-tête, trop énervé pour se soucier des oreilles indiscrètes.

Marita ne sembla pas partager son ardeur exubérante.

— Les dieux nous protègent... fit-elle en portant une main à son front.

Face à cette froide réception, Zarco sentit son enthousiasme se dégonfler.

— Marita, s'il y a une façon d'annihiler le pouvoir des armes alchimiques, il faut la trouver... bredouilla-t-il.

— J'en suis tout à fait consciente, mais pour le moment, te rends-tu compte du raz-de-marée que cet événement va occasionner ?

— Je… Oui, je crois… mais…

— Nous devons tout de suite aller chez la duchesse de Tyrtel, continua Marita, plus que sérieuse. À présent que nous avons réussi à prouver que le journal est authentique, il faut le lui apporter afin qu'elle trouve un moyen d'éviter la catastrophe… Imagine : la princesse héritière d'Ypres et Cantin, son nouveau mari, ont commis un très grave sacrilège et, de surcroît, en terre d'Isée… Les dévots risquent de croire qu'il faut laver cette faute avant que les dieux se vengent eux-mêmes et nous punissent tous. Et c'est sans compter ce qui arrivera à Cantin et à Isaya lorsqu'on les prendra. Qui sait quel châtiment les religieux exigeront qu'on leur impose pour effacer l'affront qu'ils ont commis ? Tous les scénarios sont possibles…

À cet instant précis, comme pour confirmer ses dires, un murmure s'éleva sur la grande place. Bientôt, tout Janance serait au courant de la nouvelle…

IX

Le monde, au-delà

Isaya prit sa torche et l'alluma en la heurtant à trois reprises contre la semelle d'une de ses bottes. Lorsque la lumière perça l'obscurité, Cantin et elle purent constater qu'ils se trouvaient dans une immense salle. Le haut plafond était soutenu par des arches qui reposaient sur des colonnes adossées aux murs. Un peu partout, des morceaux de pierre s'étaient détachés des parois et encombraient le sol. On aurait dit le résultat d'un puissant tremblement de terre. Le silence total qui régnait dans cette salle à l'atmosphère humide et fraîche amplifiait le sentiment que l'adolescente avait de se trouver dans un lieu ravagé par un malheur épouvantable.

La surface où se tenait Isaya était constituée du même sable blond et meuble qui recouvrait le fond du puits qu'ils venaient de quitter. Hors du Cercle d'Endée, le sable se transformait en un pavage dont les petites dalles indigo et ocre formaient des motifs complexes dominés par de grandes spirales. Ce plancher avait dû être une véritable œuvre d'art avant d'être saccagé par tous les débris qui étaient tombés du plafond. Une telle scène de dévastation n'annonçait décidément rien qui vaille...

— Crois-tu vraiment que la machine qui permet de neutraliser les forces alchimiques se trouve ici ?

La voix d'Isaya s'était faite chevrotante d'espoir alors qu'elle prononçait ces mots. Même si elle détenait maintenant une preuve incontestable de l'authenticité du journal, l'existence de ce dispositif gardait la texture du mirage. Elle y croyait, ne serait-ce que parce qu'il s'agissait du seul expédient qui permettrait de résoudre la crise actuelle sans trop de dégâts, mais un doute persistait. Un doute que cette salle en ruine ne faisait qu'exacerber. Cantin répliqua à sa question par un sourire crispé.

— Pour le savoir, il faudrait commencer par explorer cet endroit... et par voir s'il y a une issue.

— Soit ! Je prends ce côté, décréta Isaya en allant vers la droite.

Lorsque la princesse quitta le sable pour le dallage, le bruit de ses pas lui parvint en écho, puis s'entremêla bientôt à ceux de Cantin, qui s'éloignait dans le halo de sa torche, la tête levée vers les hauteurs de la salle. L'Yprienne obliqua et se dirigea vers le mur le plus près. Sans aspérités, la paroi avait vraisemblablement été taillée à même le roc, et non construite bloc par bloc. Un travail colossal... En parcourant la salle, Isaya n'aperçut cependant aucun portail ni ne détecta la moindre trace dans la pierre qui aurait pu trahir la présence d'un accès dérobé. Ce constat la rembrunit. Quand elle retrouva Cantin à leur point de départ, elle sut à son expression que ses recherches avaient elles aussi été infructueuses : à part le Cercle, cet endroit était totalement vide. Et clos. S'ils désiraient mettre la main sur le dispositif servant à neutraliser les armes alchimiques, ils devaient découvrir une façon de le quitter...

— Il doit pourtant y avoir un portail quelque part ! s'écria Cantin, exaspéré. Construire un Cercle d'Endée dans une salle sans issue n'aurait aucun sens.

— Je sais, c'est évident... acquiesça Isaya, l'air sombre. Peut-être faut-il une clef magique pour l'ouvrir ?

— Si c'est le cas, nous ne sortirons jamais d'ici. Nous n'avons plus qu'à réactiver le pont alchimique et à retourner à Janance.

Tandis que son compagnon portait les mains à sa tête dans un mouvement de frustration, Isaya eut une intuition.

— Qu'est-ce qui se produirait, selon toi, si nous intervertissions des diamants sur les colonnettes ?

Cantin regarda sa compagne et vit, dans la lumière des torches, que ses yeux pétillaient. Il sentit alors ses espoirs de paix renaître.

— Je pense... Je pense que cela nous mènerait à une autre destination... raisonna-t-il.

— Moi aussi, c'est ce qu'il me semble... Il y a probablement plus d'un Cercle en terre d'Endée. Après tout, il y en a bien un à Janance et un autre à Miranceau. Nous aurons sûrement plus de chance ailleurs... Il nous faut absolument trouver ces mystérieux *axoumas* !

L'adolescent était du même avis. Jusqu'alors, ils s'étaient contentés de réfléchir au fonctionnement des Cercles, mais avaient peu discuté des étapes subséquentes. L'idée de se rendre dans le pays des dieux était déjà assez fantastique en elle-même. Il demeurait que retracer les descendants des *axoumas* semblait la seule piste qui s'offrait à eux s'ils voulaient éviter la Septième Guerre.

Le fait que les *axoumas* aient chassé leurs aïeux offrait par contre une perspective inquiétante. Seraient-ils bien reçus ? Risquaient-ils leur vie dans cette aventure ? Comme plus d'un millénaire s'était écoulé depuis le dernier contact, il était permis d'espérer que les choses se dérouleraient sans problème.

— Bon, quelles clefs permuterons-nous ? demanda Isaya, ramenant Cantin à la réalité. Peut-être celle qui se trouve sur la seule colonnette où les symboles alchimiques sont incrustés d'or… Et une autre, au hasard ?

Parce qu'il ne s'agissait pas d'une question qui s'adressait à lui, mais bien plutôt d'une interrogation que sa compagne se faisait à elle-même, Cantin s'abstint d'émettre un commentaire afin de ne pas l'irriter. Connaissant son caractère orgueilleux, il décida que la princesse pouvait prendre le contrôle des opérations si cela lui plaisait. Il l'observa donc se diriger vers les colonnettes pour procéder au changement.

Après avoir déplacé deux diamants, Isaya revint vers lui et tendit la paume impérativement, réclamant la pierre qu'il avait retirée pour rompre la connexion avec Janance. Le garçon la saisit dans la poche de son pantalon et la lui remit. Isaya marcha à longues enjambées jusqu'à l'unique colonnette sans clef, y déposa la pierre et, retournant près de Cantin, le prit par la main.

— J'espère que nous ne nous retrouverons pas à Miranceau, fit-elle en resserrant son étreinte. Ce serait un cauchemar…

Devant cette éventualité qui ne lui avait pas traversé l'esprit, Cantin se tendit. Il n'avait pas lui non plus la moindre envie de retourner dans la capitale du royaume des mers… Il n'eut toutefois pas le temps de s'inquiéter de cette possibilité car, quelques secondes plus tard, un léger bourdonnement se fit entendre et l'appréhension céda le pas à la fascination.

Cantin n'avait pas perçu ce bruissement la première fois à cause des récriminations retentissantes de l'assistance... Ce son perdura un moment puis, tout à coup, s'amplifia et devint le vrombissement qui avait jeté le silence sur l'assemblée. Le rayon cristallin s'éleva à nouveau au-dessus de l'obélisque et la coupole se forma lentement, sa luminescence créant un chassé-croisé d'ombres dans la salle. Quand le voile de lumière eut atteint la circonférence du Cercle, le grondement s'évanouit pour être remplacé par un grésillement familier. Enfin, la moitié opposée à celle où ils se tenaient changea d'aspect. La lumière du jour éclata, éblouissante.

Aveuglée par la soudaine clarté, Isaya plaça sa main en visière. Tandis que ses pupilles s'ajustaient en se contractant, elle sentit un courant d'air chaud contre sa peau, puis une odeur sucrée de fleur dans ses narines. Elle aperçut ensuite des formes floues, qui se précisèrent graduellement pour se transformer en des murs de pierre affaissés par endroits et des colonnes brisées. Cantin et elle se tenaient face à des ruines... Et au-dessus de celles-ci, un ciel azuré où s'étiraient des cirrus paresseux, leur blancheur bleutée par le dôme. Un oiseau passa en piaillant. Devant ce panorama, la jeune fille se sentit soulagée : au moins, ils n'étaient pas dans sa ville natale. C'était déjà cela de gagné…

À ses côtés, Cantin, pas le moins du monde décontenancé par les événements, avait lâché sa main pour ranger son équipement dans son sac. Isaya se secoua et l'imita. Lorsque ce fut fait, elle passa son glaive, son arc et ses flèches en bandoulière et inséra son poignard dans sa botte. L'Iséen fit de même, épaulant son carquois et attachant le fourreau de son épée à sa ceinture. Comme la température semblait clémente, ils avaient tous deux retiré leur pèlerine et leurs vêtements chauds.

La princesse observa son compagnon. Le fait d'être mariée à ce garçon encore inconnu il y a peu revêtait toujours une nuance étrange, mais elle se sentait en voie de se réconcilier avec cette réalité. Au-delà de son charme certain, c'était son caractère volontaire et généreux qui lui plaisait, et la certitude qu'elle pouvait lui faire confiance… À cet instant, Cantin la regarda. Sentant ses joues s'empourprer, elle tourna la tête.

— Je suis prêt. Est-ce qu'on y va ? demanda l'adolescent tout en endossant sa besace.

Cantin avait décelé le petit mouvement de tête d'Isaya et son expression embarrassée, mais n'en saisit pas la signification profonde. Cela lui plut tout simplement… Et lui remémora la douceur qu'il avait discernée sur son visage, à l'occasion de leur première rencontre dans l'écurie, alors qu'elle soignait sa jument. Bien sûr, son attitude avait été parfaitement enrageante par la suite, mais les choses s'étaient calmées depuis, et il devait s'avouer qu'il s'attachait de plus en plus à elle.

— Oui, allons-y! fit la princesse, mal à l'aise. Espérons qu'il s'agit bien d'Endée…

Ces paroles restèrent en suspens : le lieu qui s'étendait devant eux pouvait-il être la terre originelle des mythes, le pays des dieux ? Après un moment de flottement, Cantin se cravacha afin de vaincre son inertie et fit une première enjambée. Avançant comme l'on progresse dans l'eau glacée, il se dirigea vers le milieu du Cercle. La sensation qu'il éprouvait était différente de celle qu'il avait ressentie en quittant Janance. Ce n'était plus de l'exaltation, mais une angoisse entremêlée de peur. Peut-être était-ce parce qu'il ne marchait pas, cette fois-ci, vers un lieu clos, mais vers un monde inconnu… Il avait, par ailleurs, l'impression singulière et irrationnelle de commettre un sacrilège. Encore. Les récits dont ses professeurs l'avaient nourri depuis son enfance surnageaient dans son esprit. Il imagina Toratriel, le dieu du tonnerre et des tempêtes, se dresser devant eux, le visage courroucé parce qu'ils avaient osé mettre les pieds sur la terre d'où les hommes avaient été bannis… S'efforçant de se convaincre que tout cela était peu vraisemblable, Cantin traversa la démarcation.

De l'autre côté, il s'arrêta et observa les ruines de ce qui avait probablement été une grande cité. Une des parois endommagées qui encadrait le Cercle offrait une trouée par laquelle on pouvait voir que les bâtiments s'étaient étalés sur une immense surperficie, il y avait longtemps de cela – plus de mille deux cents ans, si les textes sacrés disaient vrai. Les pierres qui formaient les débris avaient une teinte gris bleu, ce qui rappela à Cantin que le Cercle était toujours en fonction. Pivotant sur lui-même, il s'assura qu'Isaya avait elle aussi passé la frontière entre les deux lieux, puis s'attela à la tâche de retirer les diamants.

Quand l'adolescent eut désactivé le mécanisme alchimique, la coupole se dissipa et la princesse put regarder son environnement sans la nuance que lui conférait le filtre de lumière. Se retournant, elle constata que la paroi derrière elle, presque complètement abattue, se résumait à un muret à hauteur de taille. Entre deux colonnes tronquées, elle pouvait apercevoir un terrain qui avait peut-être un jour été un jardin, mais qui à présent était recouvert d'épaisses broussailles que dominaient de hauts arbustes possédant des fleurs jaunes fastueuses. Ce qui étonna le plus Isaya, cependant, était la chaleur intense qui régnait et le fait que le soleil avait atteint son apogée depuis peu.

Cela lui parut irréel de se retrouver subitement dans un endroit où l'été triomphait, et de passer tout à coup de la fin de la journée à l'heure du midi... Pendant qu'elle se faisait ces réflexions, la jeune fille sentit une main se poser sur son épaule.

— Regarde! s'exclama Cantin en indiquant l'obélisque au centre du Cercle.

Isaya scruta l'objet que lui désignait son compagnon: au sommet de la pierre noire trônait une flèche dorée d'environ un mètre. Non, se ravisa-t-elle, il s'agissait plutôt d'une sorte de javelot dont la pointe, orientée vers le ciel, brillait d'un reflet carmin.

— Qu'est-ce que ça peut être? Je n'ai jamais rien vu de tel! s'écria la princesse, craintive. Serait-ce une arme? Si c'est le cas, il s'agit certainement d'un mauvais présage...

Cette idée fit frissonner Cantin. Sa compagne avait raison: une lance, trônant au centre du Cercle, cela ne pouvait annoncer qu'une culture belliqueuse... Un scénario atroce lui passa alors par l'esprit: et si, maintenant qu'ils avaient ouvert la voie, les *axoumas* décidaient d'utiliser le pont alchimique pour partir à la conquête des terres d'Ypres et d'Isée?

▲ ▼ ▲

Assis face à la duchesse qui le scrutait d'un regard sévère, Zarco se sentait vraiment tout petit. Lorsque Marita et lui avaient avoué toute l'histoire, Amna de Tyrtel avait rougi de colère, mais ne s'était pas fâchée ouvertement, se contentant de les toiser sans ménagement durant quelques secondes. L'adolescent connaissait sa mère adoptive et il savait qu'il ne perdait rien pour attendre : il aurait droit à une remontrance en règle dès que le contexte le permettrait. Pour l'instant, toutefois, les circonstances étaient graves et il fallait aller au plus important. En effet, il semblait que Marita avait vu juste : selon Amna de Tyrtel, quand Cantin et Isaya reviendraient, ils risquaient de subir le courroux des religieux, qui exigeraient assurément un châtiment exemplaire. Et dans l'immédiat, sa mère avait souligné que c'était Marita et lui qui deviendraient les cibles des ecclésiastiques… Zarco frissonnait à l'idée qu'on puisse leur imposer plusieurs années d'isolement dans une cellule monacale, ou encore l'exil dans les terres infertiles du Nord…

— Êtes-vous sûr que personne ne vous a suivis jusqu'ici ? demanda à nouveau la duchesse d'un ton abrupt.

— Oui… Oui… Je crois, répondit Zarco. Mais comme je l'ai mentionné plus tôt, nous n'y avons pas vraiment prêté attention…

Il y eut un silence, puis Amna de Tyrtel expira longuement.

— De toute manière, cela ne change rien au problème, fit-elle en esquissant un geste de dépit de la main. Qu'on vous ait suivis ou non, monsieur de Conti vous dénoncera, si ce n'est déjà fait… C'est un homme bon, mais sa foi est profonde et sa loyauté va avant tout à son ordre et aux dieux qu'il sert.

— Alors, comment devons-nous réagir ? s'écria Marita, terrorisée devant la colère des religieux. Je leur avais pourtant dit qu'il fallait d'abord vous en parler… que nous ne pouvions pas agir comme ça…

La duchesse posa les yeux sur la jeune fille. La panique qui se lisait sur son visage l'incita à adoucir son ton et à adopter un air plus réconfortant.

— Ne te torture pas inutilement, Marita, dit-elle avec douceur. Je connais parfaitement Cantin et son caractère entêté. Rien ni personne n'aurait pu l'arrêter… Nous allons trouver une solution, mais la première chose à…

Amna de Tyrtel s'arrêta net : on cognait vivement à la porte de la suite.

— Oui, qu'y a-t-il, Hermina ?

Sa servante particulière, grassette et rougeaude, entra en coup de vent.

— Monsieur de Conti est ici avec le Grand Sage de l'ordre d'Endée et une dizaine d'autres religieux.

Il insiste pour vous rencontrer sur-le-champ. Il paraît contrarié…

À cette annonce, les traits de la duchesse se tendirent.

— Explique-leur que je ne suis pas présentable, que je les recevrai dans dix minutes. Bref, gagne du temps du mieux que tu pourras, c'est compris ? déclara-t-elle d'une voix d'acier.

Habituée à plus de gentillesse, Hermina parut confuse un moment, puis elle prit la mesure de l'urgence qui sous-tendait l'attitude de sa maîtresse et acquiesça en inclinant rapidement la tête. Tandis qu'elle s'éloignait, Amna de Tyrtel se leva et se tourna vers les deux adolescents.

— Vite, venez avec moi ! Nous devons nous rendre à la citadelle royale avant qu'ils vous prennent. Je crains qu'ils ne veuillent vous faire subir le rite de Jonas…

Ces mots firent tressaillir Zarco. Le rite de Jonas… À sa connaissance, on n'avait plus utilisé ce châtiment depuis des lustres. C'était pire encore que ce qu'il avait imaginé ! Dans ce cérémonial de purification archaïque, l'expiation des sacrilèges passait par le retour au pays des dieux… ou plus précisément par une mort lente et cruelle.

X

Le cri d'alarme

Un ruisseau profond serpentait à travers les ruines. Cantin y trouva des trous d'eau où abondaient des poissons aux écailles rosées qu'il fut en mesure de prendre grâce à une canne improvisée. Même s'il n'avait pu apporter beaucoup de matériel avec lui, il avait tout de même pris la précaution de glisser quelques outils essentiels dans les poches de sa besace, dont des hameçons, des plombs et du fil à pêche. Pour se mettre au travail, il lui avait simplement fallu dénicher une branche de bonne taille et des vers – ceux-ci étaient abondants, sous la pierre, près du cours d'eau. Durant ce temps, Isaya, elle, s'était éloignée afin d'amasser le bois qui servirait à alimenter leur feu.

Tout en ramassant son équipement et les trois poissons qu'il venait de prendre, Cantin s'assura que l'écrin de la Clef était toujours là, en sécurité dans son sac. Il se demandait quelle heure il pouvait être en terre d'Isée... Près de minuit, sûrement. Il avait un peu perdu la notion du temps, mais il était certain qu'Isaya et lui n'étaient pas restés plus de soixante minutes dans la grande salle sombre. Et il y avait au moins cinq heures qu'ils exploraient les ruines. Jusqu'à présent, ils n'avaient rien découvert d'intéressant, à part ce javelot doré qui leur était inaccessible, puisqu'ils ne possédaient plus de corde pour se hisser en haut de l'obélisque.

Bien qu'il se sût trop sévère avec lui-même, et qu'il s'efforçât de se féliciter pour leur réussite – ce n'était pas tous les jours que l'on ouvrait une porte vers un nouveau monde ! –, Cantin s'en voulait de ne pas avoir récupéré le filin sur le sol, après que Zarco l'eut coupé. Il aurait dû y penser... Il n'y avait pas de quoi être fier... À cause de cette étourderie, ils étaient pour le moment incapables d'étudier le javelot de plus près. Même si la présence de l'objet à cet endroit lui semblait menaçante, Cantin ne pouvait en effet s'empêcher d'espérer qu'il s'agisse du mécanisme servant à neutraliser les armes alchimiques. Isaya et lui devaient absolument trouver ce dispositif, parce que s'ils revenaient bredouilles, leur expédition ratée s'additionnerait à l'erreur qu'ils avaient commise en ouvrant l'écrin de la Clef. Ce serait un échec cuisant, une catastrophe aux proportions gigantesques... et la preuve définitive qu'il n'était pas à la hauteur des grandes responsabilités auxquelles son rang et les attentes de ses parents le destinaient. Cantin soupira en pensant au duc et à la duchesse, anxieux de ne pas les décevoir.

Le garçon commença à gravir la pente de la ravine où coulait le ruisseau. À mi-chemin du raidillon, il se retourna et jeta un dernier regard au cours d'eau. La surface des flots et les rochers humides qui la jonchaient étincelaient sous la lumière du soleil d'après-midi. Soudain, ses yeux furent attirés par un mouvement sur la rive opposée, en haut de la pente. Il leva le menton juste à temps pour voir le feuillage d'un fourré frémir dans le sens contraire du vent... Quelqu'un, ou quelque chose... Cantin demeura immobile, les sens aux aguets, prêt à laisser choir sa pêche et à saisir son arc au moindre signe de danger. Il n'y eut toutefois aucun autre mouvement. Un animal, sûrement... L'adolescent voulut traverser pour savoir de quoi il retournait, mais décida qu'il valait mieux rejoindre Isaya, afin de s'assurer que tout allait bien de son côté. Et puis, il n'y avait pas, en l'occurrence, matière à s'alarmer outre mesure.

Sur cette idée réconfortante, Cantin reprit sa montée. Une fois au sommet, il se dirigea vers le Cercle, dont il pouvait apercevoir l'obélisque au loin. Tandis qu'il marchait, l'Iséen cherchait une manière d'atteindre le javelot doré qui trônait sur la pierre noire. À l'heure actuelle, la faim et la fatigue avaient néanmoins priorité. Après discussion, Isaya et lui avaient choisi d'attendre le coucher du soleil avant de dormir, de façon à s'habituer plus rapidement au décalage horaire. Cantin ressentait les effets de l'épuisement partout en lui et avait hâte de se reposer un peu...

Sitôt qu'il fut assez près pour que la végétation et les vestiges de la cité ne bloquent plus la vue du Cercle d'Endée, l'adolescent aperçut Isaya, assise sur ce qui semblait être un long tronc d'arbre. Comme elle lui faisait dos, elle ne le remarqua pas tout de suite. Cependant, quand elle se retourna et le vit à quelques mètres d'elle, elle bondit sur ses pieds.

— Regarde ce que j'ai ramené ! C'est fantastique, non ? lança-t-elle avec enthousiasme en pointant sa trouvaille.

Le garçon afficha un sourire narquois.

— C'est un peu... énorme pour le feu, non ?

Sa compagne le regarda avec de gros yeux.

— Tu me prends pour une idiote, ou quoi ? C'est pour grimper jusqu'au javelot !

— Je m'en doute, je m'en doute, Isaya. Je te taquine... mais je vois que la fatigue a eu raison de ton sens de l'humour...

Vexée, la jeune fille grimaça, marmotta quelques mots inintelligibles et, s'accroupissant, lui lança d'une voix acidulée :

— Arrête de perdre ton temps et viens m'aider ! Même si j'ai pu traîner ce tronc jusqu'ici, je suis incapable de le soulever pour le placer contre l'obélisque.

Pendant qu'il la rejoignait, Cantin rit sous cape. Isaya était prévisible et facile à piquer… Presque trop.

— À trois, nous y allons, fit sèchement la princesse une fois que l'adolescent se fut installé à sa droite. Prêt ? Un… deux… trois !

Isaya tendit ses muscles et tira sur le rondin, qui se souleva lentement. Bientôt, l'arbre fut à hauteur de taille et il leur fallut l'avancer vers l'obélisque. Dès qu'ils eurent appuyé le tronc contre la pierre noire, les deux compagnons poussèrent ce dernier afin que son extrémité glisse le long de la surface et atteigne le rebord supérieur, où ils le calèrent. Cela accompli, Isaya, fatiguée par la tâche, s'assit dans le sable, rapidement imitée par Cantin. Tout en soufflant, l'Yprienne observa leur travail. Le tronc était presque à angle droit par rapport au sol, mais l'écorce offrirait une meilleure prise que la pierre nue et lisse de l'obélisque.

— Je vais grimper, lâcha-t-elle, fière de son initiative.

— Je peux le faire, si tu veux. Je suis plus…

— Non! *Je* vais monter, s'exclama Isaya, embrochant son compagnon des yeux.

Ce dernier haussa les épaules.

— D'accord… Si *tu* penses que *tu* en es capable…

Comprenant qu'il la taquinait à nouveau, la jeune fille décida de ne pas se formaliser de l'attitude irritante de Cantin : il était hors de question qu'elle lui donne raison… Elle se leva donc et marcha vers l'arbre mort. Puis, prenant une profonde respiration, elle assura sa prise sur le bois et commença à se hisser le long du rondin. Plus jeune, avant d'avoir sa jument Yrabelle, Isaya s'était régulièrement amusée à grimper aux chênes et aux peupliers des Jardins royaux de Miranceau. Comme cela avait l'heur de faire enrager sa mère, l'adolescente n'en avait tiré que plus de plaisir… L'ascension ne s'avéra ainsi pas trop ardue et elle atteignit vite le sommet. Elle put alors observer le javelot en détail.

Le pieu de métal doré avait la circonférence d'une grosse pièce de monnaie et, à son extrémité, brillait un rubis conique serti dans un embout ciselé. À cette distance, la princesse comprit toutefois qu'il ne pouvait s'agir d'une vraie lance : la tête n'était pas suffisamment effilée, trop émoussée pour se ficher dans une cible… Isaya avança la main vers l'objet. Considérant la température ambiante, la surface de la tige était bizarrement froide. La jeune fille saisit le javelot et tira, mais ne put l'extraire de son socle. Persuadée qu'il devait pourtant être possible de l'enlever – après tout, sur les trois autres obélisques qu'elle avait vus, il n'y avait rien de tel –, elle serra solidement le tronc d'arbre entre ses cuisses et essaya un mouvement de torsion, y appliquant toute sa force. Alors qu'elle allait abandonner, elle sentit enfin le pieu bouger.

— Je pense que je l'ai! cria-t-elle à l'intention de Cantin en contrebas. Je crois que ça se dévisse!

Effectivement, le premier tour passé, le javelot se mit à tourner rapidement sur lui-même, sans plus offrir de résistance. Quand l'objet fut dégagé de la pierre, Isaya le souleva et fut surprise de sa légèreté: il pesait tout au plus un ou deux kilos, ce qui était étonnant vu sa taille.

— Lance-le-moi! s'écria Cantin. Je vais l'attraper. Ça te permettra d'avoir les mains libres en descendant.

La princesse sourit. Elle percevait de la hâte et de la curiosité dans la voix de son compagnon, même s'il tentait de cacher son excitation sous de la sollicitude... Elle eut envie de le faire attendre un peu afin qu'il paie pour les farces ennuyeuses qu'il s'était permises à ses dépens, mais elle savait qu'elle n'en ferait rien, ayant elle aussi très hâte d'étudier le javelot dans une autre position que juchée sur l'obélisque. Il reste qu'il ne fallait pas risquer d'endommager l'objet, ce qui pourrait se produire si le garçon l'échappait.

Au moment où elle s'apprêtait à répliquer à Cantin qu'il s'agissait d'une mauvaise idée, quelque chose se produisit : un hurlement de colère inimaginable s'empara de ses tympans. Abasourdie, transpercée par ce son impossible à soutenir, Isaya lâcha la tige et se plaqua contre la pierre noire pour ne pas tomber. Le cri, interminable, résonnait en écho dans son crâne, comme s'il l'avait pénétrée jusqu'à faire partie d'elle, comme s'il ne devait plus la quitter... Puis elle perdit connaissance.

▲ ▼ ▲

Lorsque Cantin ouvrit les paupières, le soleil était bas sur l'horizon. Il avait dû être inconscient durant une heure, au moins. Sa tête était lourde et élançait. Le hurlement l'avait frappé tel un coup de poing à la tempe. Levant les yeux, il constata avec soulagement qu'Isaya se trouvait toujours sur son perchoir, cramponnée à l'obélisque. C'était presque un miracle qu'elle ne se soit pas tuée.

— Est-ce que ça va ? lui cria-t-il, inquiet.

Seul le silence lui répondit. Se mettant sur pied, il répéta, quelque peu paniqué :

— Est-ce que tu m'entends, Isaya ? Est-ce que ça va ?

Cette fois, il perçut un mouvement qui le rassura : le bras de l'adolescente avait bougé. Bientôt, cette dernière tourna le visage dans sa direction, l'air étourdi.

— Oui… ça ira… je pense… fit-elle enfin. J'ai eu beaucoup de chance… Et toi, tu vas bien ?

Cantin lui fit signe que oui.

— Es-tu capable de descendre ? lança-t-il.

En guise de réponse, la princesse se laissa glisser lentement le long de l'arbre, jusqu'au sol. Une fois à ce niveau, elle s'appuya contre l'obélisque et se massa la nuque.

— Qu'est-ce que ça pouvait être ? dit-elle. On aurait juré une sorte de beuglement de colère, d'avertissement…

— Ou encore un cri d'alarme…

Appréhendant cette possibilité, la jeune fille devint plus pâle qu'elle ne l'était déjà.

— Ce n'est pas nécessairement une mauvaise nouvelle, nota Cantin, sans être lui-même rassuré. Si les *axoumas* existent encore et que ce sont eux qui ont installé ce javelot, ils viendront peut-être voir ce qui s'est passé…

Devant lui, Isaya resta muette, les traits torturés par le doute. Cantin comprenait ce qu'elle éprouvait : ce hurlement avait été si sauvage, si furieux, qu'il ne pouvait s'agir d'un bon présage. Et puis le cri avait une texture irréelle, presque surnaturelle. Sans nul doute le résultat d'un charme puissant... Non, décidément, cela n'annonçait rien qui vaille. Le garçon regarda le javelot, qui gisait sur le sable. Si celui-ci paraissait intact, Cantin n'avait par ailleurs plus aucune envie de s'en approcher. En son for intérieur, il sentait que cet objet était le vecteur d'une douleur incommensurable, d'un malheur dont les proportions dépassaient l'imagination.

▲ ▼ ▲

Le chant matinal des oiseaux sauvages réveilla graduellement la princesse, douce transition hors du sommeil. D'où elle était allongée, Isaya pouvait entendre le murmure du ruisseau qui coulait près de leur bivouac. Tout était si calme... Pour elle qui avait grandi dans la citadelle royale de Miranceau et qui ne connaissait que la ville, se retrouver ainsi en pleine nature avait quelque chose de merveilleux. Malheureusement, cette ivresse ne dura que quelques instants car, à mesure qu'elle se réveillait, son allégresse fut ternie par le dur retour à la réalité. Très vite, un écho fantôme du cri de la veille résonna dans son esprit, douloureux rappel. Son souffle se fit alors court et elle se redressa sur son tapis de prière.

Devant elle, les cendres du feu de camp fumaient encore. Isaya observa les alentours et, s'apercevant que

Cantin avait disparu, fut saisie d'effroi. Son cœur manqua un battement. Où était-il ? Le garçon était censé monter la garde ! Pendant qu'elle cherchait son glaive, Isaya eut une pensée affreuse : les créatures, les *axoumas*, l'avaient probablement capturé durant son sommeil ! Ce hurlement, hier. Cette colère qu'il contenait. Ils étaient en danger, Cantin était en danger.

La jeune fille trouva enfin son glaive, le retira de son fourreau et se leva vivement. Tout en pivotant sur ses talons, elle scruta le paysage qui l'entourait. L'élévation sur laquelle ils s'étaient installés pour dormir offrait une bonne vue des ruines, mais les vestiges faisaient obstacle à ce qui se cachait derrière. Il n'y avait rien à faire, Cantin s'était évaporé. Jamais elle ne le retrouverait. Et c'était sans compter que son sac, qui contenait l'écrin de la Clef, s'était lui aussi évaporé... Sans les pierres, elle ne pourrait jamais retourner chez elle...

— Qu'est-ce qui se passe ? Qu'est-ce qui se passe ? s'écria soudain une voix alarmée, derrière elle.

Isaya fit volte-face, prête à se défendre. Son compagnon arrivait en courant, tenant une sorte de lièvre dans une main et son arc dans l'autre.

— Mais où étais-tu ? J'ai cru que tu avais disparu ! Que tu avais été enlevé par les *axoumas* ! Que...

— Eh! Calme-toi! Je suis simplement allé m'occuper du petit-déjeuner. J'ai installé quelques collets, hier.

— Pourquoi ne m'as-tu pas avertie? rugit l'Yprienne, furieuse. Ne me fais plus jamais une peur pareille!

Déposant son gibier sur le sol, l'adolescent s'approcha d'elle, l'air désolé.

— C'est promis, dit-il en serrant doucement son épaule. Je comprends. Et j'en attends autant de toi. Désormais, nous ne nous séparerons plus…

Bien qu'elle perçût quelque chose d'inhabituel dans l'attitude de son ami, la conduite de Cantin calma la princesse. Elle eut l'impression fugitive – mais était-ce le fruit de son imagination ou de sa frayeur récente? – qu'il y avait là plus qu'une simple attention fraternelle, et cela la gêna. Répondait-il à l'affection grandissante qu'elle éprouvait pour lui? Ses joues devinrent brûlantes et, afin de garder contenance, elle se pencha pour récupérer le lièvre, avant de se diriger vers le feu.

Cantin la regarda s'éloigner. Cette fois-ci, il avait très bien senti son trouble et cela déclencha en lui un violent bouquet d'émotions… Puis un souvenir éclata dans son esprit: Marita. Il se remémora le moment où, six mois plus tôt, il avait réalisé que leur relation avait versé du côté de l'amour. Ce jour-là, ils s'étaient rencontrés au grenier, dans leur repaire, et il avait éprouvé le même mélange d'appréhension et de bien-être, de joie et d'incertitude. De l'amour? Pouvaient-ils se le permettre dans leur situation? Cela ne risquait-il pas d'entraîner de nouvelles complications? De nuire à leur mission?

▲ ▼ ▲

Observés à travers le bouclier alchimique de la citadelle royale, les quartiers de Janance revêtaient eux aussi une teinte mauve et lugubre. De la fenêtre devant laquelle elle se tenait, Marita apercevait les toits enneigés des immeubles de la cité. Des bâtiments plus élevés, des temples surtout, s'élevaient par-ci par-là au-dessus de la masse. Comme à chaque fois qu'elle s'y attardait, l'adolescente était étonnée par l'étendue de cet enchevêtrement de rues et de ruelles qui formaient la capitale. Rien à voir avec les autres villes du royaume qui, par comparaison, avaient des airs de village.

Ce lieu normalement si familier lui apparaissait toutefois aujourd'hui sous une nouvelle lumière, une lumière hostile. Marita éprouvait maintenant la curieuse impression que derrière chaque pierre se cachait un dévot qui en voulait à sa vie. Ce sentiment prenait sa source dans la foule qui s'était rassemblée sur la place du Trône, face au portail principal de la forteresse. Bien que la jeune fille ne pût voir ces gens, elle pouvait les entendre. Et la rumeur ne faisait qu'augmenter à mesure que les heures s'écoulaient, que l'attroupement grossissait en nombre et en animosité. Comme la duchesse de Tyrtel l'avait prévu, les religieux réclamaient que le rite de Jonas leur soit imposé, à Zarco et à elle. Afin de démontrer leur influence, ils avaient exhorté les croyants à manifester. Nombreux étaient ceux qui avaient suivi leur consigne, et ce, malgré l'appel au calme du roi.

Tout à coup, il y eut un bruit derrière Marita et celle-ci se retourna. Zarco se trouvait dans l'embrasure de la porte du petit salon. Visiblement, lui aussi n'avait que très peu dormi la nuit dernière… L'adolescente dut se retenir pour ne pas céder à l'envie spontanée qu'elle éprouva de courir vers lui et de le prendre dans ses bras. Elle avait tant besoin de réconfort, se sentant angoissée jusqu'à la moelle, tout près du point de rupture. Cependant, l'air de chien battu de son compagnon la réfréna.

— Je sais ce que tu penses… fit-elle en s'avançant dans sa direction, et tu n'as rien à te reprocher : j'aurais pu refuser de vous suivre à Janance si j'avais voulu. Au fond, je savais que vous aviez raison tous les trois, même si je ne voulais pas l'admettre. Je crois que j'étais surtout jalouse d'Isaya, et fâchée contre Cantin… Je voulais leur tenir tête. Quoi qu'il en soit, la réaction des religieux prouve qu'il importait de passer à l'action sans délai. J'espère simplement que nos amis réussiront et que nous n'aurons pas couru tous ces risques pour rien…

L'adolescente avait prononcé ces paroles d'une voix inquiète, mais ferme. Aussi, comprenant qu'elle avait dit cela en toute honnêteté et non simplement pour le calmer, Zarco s'apaisa un peu.

— Le problème, continua Marita, c'est que les chances qu'Isaya et Cantin découvrent à temps ce dispositif qui annule les forces alchimiques sont minces.

— Peut-être. Toutefois, même s'il était déjà peu probable qu'ils arrivent à faire fonctionner le Cercle d'Endée, ils y sont parvenus… nota Zarco. Et puis, même s'ils reviennent bredouilles, ça valait la peine d'essayer. La duchesse semble d'ailleurs de cet avis. Je l'ai entendue en parler à un conseiller du roi. Elle a peur pour nous, elle est en colère parce que nous nous sommes mis en danger, mais j'ai l'impression que, depuis qu'elle a étudié le journal du chevalier de Boa, elle approuve notre initiative. En théorie, du moins. Si elle avait été à Tyrtel et que nous lui avions présenté notre recherche, je pense qu'elle aurait mis tout son poids dans la balance afin que les membres du Conseil royal approuvent l'expérience, malgré les coûts politiques élevés. En fait, je crois que nous leur avons enlevé une épine du pied en agissant sans leur accord : au moins, dans la situation actuelle, le roi et le Conseil peuvent négocier avec les religieux en gardant une apparence de neutralité.

Marita hocha la tête. Les réflexions de Zarco étaient tout à fait sensées.

— Il reste tout de même que pour l'instant, c'est notre peau qui est en jeu, lança ce dernier avec amertume. Et plus tard, ce sera au tour de Cantin et d'Isaya...

À ces mots, la jeune fille franchit les derniers pas qui la séparaient de Zarco et l'enlaça. Au contact de ce corps délicat, Zarco sentit ses jambes ramollir. Jusqu'ici, il s'était toujours appliqué à garder ses distances : elle était l'amour de Cantin et jamais il n'aurait trahi son frère... Pourquoi fallait-il que les barrières tombent maintenant, alors que le rite de Jonas leur pendait au bout du nez, alors que la mort les guettait ?

▲ ▼ ▲

Ce n'est qu'après avoir avalé sa part du lièvre rôti qu'Isaya retrouva une certaine sérénité. Entre la peur qu'elle avait ressentie en se retrouvant seule à son réveil, ces *axoumas* dont ils ne savaient presque rien – étaient-ce des humains ou des créatures étranges ? – et les sentiments qu'elle éprouvait pour Cantin, elle peinait à gérer son trouble. Son compagnon lui-même paraissait mal à l'aise et était resté muet durant tout le repas... Il leur faudrait décidément réussir à écarter ces préoccupations pour se concentrer sur leur objectif: trouver un moyen afin que la Grande Réconciliation ait lieu. C'est donc dans cette perspective que la princesse proposa d'examiner le javelot.

La veille, à cause de l'affreux cri, ils avaient mis l'objet de côté, épouvantés par ce qu'il pouvait représenter. L'enveloppant simplement dans leurs sacs, ils l'avaient apporté avec eux jusqu'à leur campement, pour ensuite le laisser sur le sol, à quelques mètres de leurs couches, de l'autre côté du feu. Tôt ou tard, il leur faudrait s'attarder à cette lance même si elle les effrayait, et comme le temps leur était compté...

Pendant que Cantin découvrait la tige dorée, étincelante sous la lumière matinale, Isaya respira profondément. Son intuition lui susurrait que l'adolescent avait raison, qu'en plus d'être un avertissement, le hurlement qu'ils avaient entendu était une alarme. Et si cette dernière s'adressait aux *axoumas*, comme il y avait tout lieu de le croire, la princesse craignait que cela présage du pire... En tant que descendants d'exilés, les deux aventuriers n'étaient certainement pas les bienvenus dans ce monde, pas les bienvenus en terre d'Endée... Afin de se rassurer, Isaya se répétait inlassablement que plus de mille ans s'étaient écoulés depuis que ses ancêtres avaient été chassés de cette contrée, et que le temps avait certainement émoussé la colère des *axoumas*... Bien entendu, c'était loin d'être sûr, mais elle devait pourtant s'accrocher à cet espoir, car seuls les *axoumas* seraient en mesure de les aider à sauver Ypres et Isée d'eux-mêmes, à empêcher l'horreur aveugle que son père avait mise en branle.

À côté d'elle, Cantin achevait de mettre le javelot à nu, dévoilant bientôt le rubis de sa pointe. «Quel joyau magnifique!» songea Isaya en se penchant vers la lance. Ce faisant, elle remarqua un détail qui lui avait échappé auparavant: une cavité avait été pratiquée dans la partie supérieure du manche, juste sous la pierre, et au fond une surface métallique d'une teinte différente de celle de la tige miroitait.

— Qu'est-ce que c'est? s'exclama-t-elle, curieuse, en pointant sa découverte.

Son compagnon suivit son doigt du regard, puis s'accroupit et approcha son visage du manche.

— On dirait un cube alchimique... nota-t-il en distinguant des symboles sur le métal.

«Mais qu'est-ce qu'un cube alchimique pouvait faire là?» pensa Cantin, sentant son optimisme déjà vacillant pencher vers le pessimisme. Une partie de lui avait voulu croire que le javelot était peut-être l'appareil qu'ils recherchaient, l'appareil qui permettrait d'éviter la guerre. Toutefois, l'idée qu'un cube alchimique serve à activer la lance rendait cette possibilité improbable: les cubes n'avaient-ils pas été bannis par l'ordre de la Clef, n'entraient-ils pas dans ce que les religieux appelaient l'alchimie du mal ? Un appareil qui se voulait un moyen d'annihiler les armes alchimiques ne pouvait certes pas fonctionner grâce à un de ces cubes maudits... Levant la tête, Cantin regarda Isaya et, à son expression de dépit, comprit qu'elle en était arrivée à la même conclusion : cette lance ne leur serait d'aucune utilité.

— Ç'aurait été trop facile de toute manière... J'espère que nous aurons plus de chance avec les *axoumas*.

Au moment où la princesse prononçait ces paroles, un puissant hurlement retentit. Sur le coup, Cantin crut qu'il s'agissait du même genre de cri que celui de la veille. Aussi, s'agenouillant, se protégea-t-il les oreilles avec ses mains, prêt à lutter pour ne pas perdre conscience... Très vite, cependant, l'adolescent s'aperçut que le cri, s'il présentait la même tonalité abominable, était moins viscéral et ne le transperçait pas jusqu'à résonner en lui. Cette fois-ci, il en était convaincu, il ne s'agissait pas d'un charme alchimique : quelqu'un ou quelque chose lançait ce cri affreux...

Sans plus attendre, Cantin se redressa et courut jusqu'à son arc, qu'il avait laissé près du feu. Lorsqu'il eut encoché une flèche, il scruta les environs du campement, dos à Isaya, qui avait son propre arc bien en main. Le hurlement avait cessé à présent, cédant la place au piaillement des oiseaux et au murmure du ruisseau. Tandis qu'il observait les ruines, Cantin tentait de percevoir tout bruit, tout craquement de branche qui trahirait la position des... des *axoumas*. Cela ne pouvait être qu'eux... Il en était sûr. Même s'il n'arrivait pas à l'expliquer, il sentait quelque chose, il sentait leur présence... Ces êtres mystérieux étaient là, cachés dans les ruines, et les épiaient. L'Iséen se demanda à quoi les *axoumas* ressemblaient. Jusqu'ici, il avait été tellement préoccupé par son désir d'éviter la Septième Guerre et par la nécessité de les débusquer, que cette question était restée au second plan, confinée à la catégorie des énigmes à élucider plus tard. Eh bien, ils y étaient, « plus tard », songea-t-il, regrettant de ne pas s'être préparé mentalement à cette rencontre. Qu'allaient-ils leur dire et dans quelle langue ? Décidément, Zarco et Marita leur auraient été bien utiles dans les circonstances...

Après avoir fait un tour complet, Cantin concentra son attention vers le sud-est, d'où le cri semblait être venu. Tout à coup, son regard fut attiré par un bref miroitement à trois cents mètres devant lui, près des vestiges d'un édifice de bonnes dimensions. Cinq colonnes encore debout marquaient ce qui avait probablement été la façade du bâtiment. Des vignes touffues poussaient contre la pierre. Cantin donna un coup de coude à Isaya, qui se retourna.

— Là! Une ombre! s'écria celle-ci après un temps, la voix tendue à l'extrême.

L'adolescent l'aperçut lui aussi: une silhouette venait de s'extirper de derrière la colonne située à l'extrémité gauche. Cantin plissa les yeux pour mieux distinguer les détails, mais il n'y avait rien à faire. L'*axouma* avait bien choisi son angle d'approche: Isaya et lui étaient aveuglés par le soleil.

Que leur voulait-il? Venait-il en ami? Le fait qu'il soit seul permettait de le supposer. Mais peut-être était-ce un piège… Soudain, comme pour confirmer ses craintes, quatre autres silhouettes apparurent. Elles restèrent sans bouger durant un instant, puis se mirent à approcher rapidement. La peur au ventre, Cantin ancra ses pieds dans le sol, prêt à se défendre. Le moment de vérité était venu. D'ici quelques minutes, soit Ypres et Isée seraient en voie d'être sauvés, soit Isaya et lui seraient en route pour l'au-delà.

XI

Encore des complications

En entrant dans le cabinet du roi, Zarco sentit son angoisse le mordre de l'intérieur. L'adolescent était par trop conscient du fait que Hubère Plantagenais d'Isée tenait son sort et celui de Marita entre ses mains. Son cœur palpitait et, dans son estomac, le contenu de son maigre dîner menaçait de rebrousser chemin. Si le monarque décidait d'acheter la paix en les remettant aux religieux qui les réclamaient à grands cris, ce serait la fin…

Le bureau du roi était plutôt spacieux, comportant une partie salon, articulée autour d'un grand âtre, et une autre consacrée au travail. Comme le cabinet était situé dans un coin de l'aile royale, deux des murs étaient constitués de larges baies vitrées donnant sur un long balcon en forme de « L ». De ces fenêtres haut perchées, on avait une vue magnifique de Janance. Zarco parcourut le paysage des yeux pour s'arrêter sur la place du Trône. La foule... Elle était immense ! Plusieurs dizaines de milliers de personnes, au moins, qui voulaient toutes les voir mourir écartelés... Il en fut étourdi et, tournant le dos à la scène, s'appuya sur un guéridon.

— Est-ce que ça va ? lui chuchota Marita à l'oreille, le prenant par le coude.

Zarco fit signe que oui et les deux adolescents suivirent la duchesse de Tyrtel, qui s'avançait vers le roi. Derrière sa table de chêne, le souverain s'était levé pour les accueillir. Hubère Plantagenais d'Isée était un homme d'une cinquantaine d'années au crâne presque complètement dégarni. Svelte, mais musculeux, il portait une barbe bien taillée dans laquelle le roux se mêlait au blanc. Son habillement était simple, se limitant à une tunique écarlate sur laquelle était brodé l'écusson royal et à un pantalon de velours noir. Un long veston aux riches garnitures de fourrure blanche et grise était cependant suspendu à un portemanteau, en retrait.

Indiquant à ses invités les chaises devant lui, le roi se rassit. Zarco, Marita et Amna Plantagenais de Tyrtel prirent place, sans plus de cérémonie.

— Je vous ai mandés pour discuter avec vous de ce qu'il convient de faire dans la situation actuelle, déclara le monarque tout en jetant un œil à sa sœur. Comme vous l'avez sûrement remarqué, nombreux sont ceux qui réclament que vous subissiez le rite de Jonas, et parmi eux, il y a des gens très influents… Le Conseil royal et moi avons donc dû délibérer longuement avant de décider si nous devions vous livrer ou non aux religieux.

Ce préambule inquiétant fit vaciller Marita qui eut l'impression que le roi les préparait au pire.

— Le geste que vous avez commis est très grave. Très grave, répéta Hubère d'Isée. Probablement sans le vouloir, du moins je l'espère, vous avez heurté l'un des principes religieux les plus fondamentaux : il n'y a pas plus important péché que celui de chercher à retourner en terre d'Endée, d'où les dieux ont chassé nos ancêtres il y a de cela mille deux cents ans.

Marita et Zarco se regardèrent, l'air terrorisé, certains que leur dernière heure était venue. Ils s'imaginaient déjà au centre de la grande place de Janance, chacun de leurs membres attaché par une corde à un cheval différent, les bourreaux prêts à lancer les animaux dans des directions opposées, tandis que la foule, avide de sang, s'impatientait. Un châtiment d'une horreur sans nom…

— Même si je dois admettre que votre conduite est inqualifiable et que vous méritez une punition exemplaire, poursuivit le souverain en les toisant d'un œil sévère, j'ai choisi de ne pas accepter la demande des autorités religieuses. Vous êtes entièrement redevables à Amna, qui a convaincu le Conseil royal et moi-même que ce ne serait pas judicieux.

Cette affirmation soulagea brutalement Marita, allégeant sa poitrine d'un coup sec. Zarco, lui, lâcha quelques couinements tandis que son visage prenait une expression de joie hébétée.

— Je pense que c'était la meilleure décision à prendre, fit la duchesse, qui paraissait elle-même beaucoup plus détendue. Outre mon désir de protéger les enfants, je suis sûre que céder à ce point-ci mettrait en jeu la Grande Réconciliation ; l'équilibre entre notre pouvoir et le pouvoir ecclésiastique risquerait d'être rompu en notre défaveur. Semblable tension, palpable entre la noblesse et le clergé, déclencherait à coup sûr une lutte intestine dont il est difficile de prévoir l'issue. C'est d'ailleurs ce qui s'est produit en terre d'Ypres après la fin de la Sixième Guerre, avec les résultats que nous connaissons… Et puis, nous savons tous que les religieux ne sont pas à l'abri d'une dérive violente. En effet, le but premier de leurs actions n'est pas la paix en soi, mais simplement que nous cessions de pécher, que nous cessions de pratiquer l'alchimie du mal…

Tout en écoutant, Zarco commença à se tortiller sur sa chaise. Une question lui brûlait les lèvres :

— Mais pourquoi sont-ils en colère contre nous, alors ? bredouilla-t-il. Pourquoi monsieur de Conti nous a-t-il dénoncés s'il sait pertinemment que nous cherchons à trouver un moyen définitif de rendre les armes alchimiques inopérantes ? C'est injuste !

Il y eut un silence. Un long silence durant lequel Zarco se mit à regretter son intervention – après tout, il faisait face au roi, il aurait dû se contenir. Ce fut sa mère qui répondit :

— Je comprends que tu voies les choses ainsi, nota-t-elle d'un ton triste, mais tu n'es pas sans savoir, comme mon frère y a fait allusion tantôt, que chercher à retourner en terre d'Endée est le premier des quatorze péchés fondamentaux. La foi de monsieur de Conti est profonde et il est incapable d'écarter cette conviction pour voir les raisons qui se cachent derrière votre action. C'est pour cela que le Conseil royal et l'Assemblée des citoyens doivent rester indépendants du clergé et créer un contrepoids. Parce que les croyances religieuses peuvent parfois aveugler et mener à de mauvais choix, même si ces choix partent de bonnes intentions...

Zarco hocha la tête, cette explication confirmant ses propres réflexions.

— Afin de diminuer les tensions, il a toutefois été décidé que vous deviez quitter Janance au plus tôt, fit le roi à l'adresse des deux adolescents. Il faut que je puisse nier que vous ayez été présents dans la citadelle. Certes, les responsables religieux se douteront que ce n'est pas le cas, mais cela me conférera malgré tout une meilleure position pour traiter avec eux. Vous partirez donc dans l'heure pour Tyrtel, en secret. Amna restera ici un jour ou deux de plus, pour faire bonne figure, et vous rejoindra après.

Marita et Zarco se tournèrent vers la duchesse à l'unisson, attendant sa réaction avant de décider s'ils devaient se réjouir ou non de cette proposition.

— Oui, c'est ce qui s'impose, acquiesça-t-elle en leur faisant face. La forteresse de Tyrtel étant construite sur une *mesa*, il sera plus facile d'assurer votre sécurité là-bas. Cette position stratégique nous permettra de contrôler les allées et venues plus aisément, alors qu'ici, à cause de la grandeur et du nombre de points d'accès, cela constitue un défi important. Et puis, j'ai entièrement confiance en les officiers du régiment de Tyrtel. Ils sont loyaux à notre famille et vous protégeront sans faillir.

Même si elles se voulaient rassurantes, les paroles d'Amna de Tyrtel n'apaisèrent pas Marita. L'idée de devoir quitter Janance sans être accompagnée de la duchesse l'effrayait. En son absence, l'adolescente avait l'impression que tout pouvait se produire. Surtout le pire. Elle soupçonnait d'ailleurs que leur départ était avant tout motivé par la volonté de sauver la Grande

Réconciliation, et non par le souci de leur éviter le rite de Jonas. Sur le grand échiquier politique, Zarco et elle n'étaient que des pions dont le sacrifice ne perturberait personne.

▲ ▼ ▲

Isaya dut prendre une longue inspiration afin de maîtriser ses mains qui tremblaient et ainsi stabiliser la pointe de sa flèche. Jamais de sa vie n'avait-elle vécu un moment aussi angoissant. Les *axoumas* s'approchaient… Pour l'instant, elle pouvait voir que les cinq silhouettes tenaient de longs bâtons. Des armes? Des lances? Impossible de l'affirmer avec certitude à cette distance. La princesse était cependant consciente qu'elle pointait elle-même son arc dans leur direction et que, vu les circonstances, il ne s'agissait pas d'une bonne entrée en matière. Cantin et elle étaient ici pour obtenir l'assistance des *axoumas*, et non pour les attaquer; ceux-ci ne devaient pas douter de leurs intentions… Si c'était le cas, ils refuseraient probablement de les aider… Mais peut-être ne voudraient-ils pas les aider de toute manière, peut-être n'auraient-ils qu'une idée en tête: les massacrer. Dans cette éventualité, baisser leurs armes relevait du suicide. Quoi qu'il en soit, ils n'avaient pas le choix. La princesse détendit la corde de son arc.

— Mets ta flèche dans ton carquois, lança-t-elle à son compagnon, sur un ton plus directif qu'elle ne l'aurait voulu.

Cantin lui décocha un regard d'abord surpris, puis franchement agacé, avant d'accepter sa suggestion.

— Tu as raison, concéda-t-il. Il ne faut pas les provoquer. Restons néanmoins sur nos gardes. Au moindre signe de danger, nous devons être prêts à nous défendre.

En contrebas, les *axoumas* avaient atteint la naissance du talus. Plus ils avançaient, plus Isaya avait la certitude qu'il ne pouvait s'agir d'êtres humains, un point sur lequel le journal du chevalier était particulièrement flou… Il y avait en effet quelque chose dans leur démarche, une souplesse qu'elle n'avait jamais remarquée chez qui que ce soit, même chez les meilleurs gymnastes alchimiques. Par ailleurs, les nouveaux arrivants semblaient plutôt frêles et de petite taille. Mais peut-être était-ce la distance…

Bientôt, cependant, la princesse fut à même de constater que les cinq créatures étaient réellement moins grandes que Cantin et elle. Le plus élancé des *axoumas* avait peut-être la taille d'un nain adulte. Entre leurs mains, ils tenaient tous une sorte de pieu de métal. Une telle arme paraissait presque inoffensive, à moins bien entendu qu'il ne s'agisse d'un objet alchimique…

Lorsqu'ils ne furent plus qu'à une vingtaine de mètres, quatre des *axoumas* s'immobilisèrent, tandis que le plus grand continua à marcher vers eux. Probablement leur chef, songea Isaya. Comme les autres, celui-ci avait un crâne de forme ovoïde, des cheveux blond blanc coupés très courts et un teint diaphane d'une blancheur quasi bleutée. Quand il fut assez près, l'adolescente comprit que la nuance de bleu était due à la transparence de sa peau, qui rendait visibles ses veines. L'*axouma* portait en outre une chemise de toile vert forêt sur laquelle des plumes mauves avaient été cousues, ainsi qu'un pantalon de cuir brun.

Le chef s'arrêta à quelques pas d'eux et les détailla de ses yeux noirs aux pupilles rougeâtres. Sentant qu'elle passait un test, Isaya s'efforça d'adopter un air conciliant et doux. De biais, elle vit que Cantin avait baissé la tête et regardait le sol. La princesse copia son attitude, en espérant que les *axoumas* l'interpréteraient comme un signe de bonne volonté. Soudain, la créature parla, ou du moins émit quelques sons inintelligibles. Isaya leva les yeux, sans cependant changer sa posture, et observa le chef. L'*axouma* ouvrit alors la sacoche qu'il portait en bandoulière et se mit à y fourrager.

— Que peut-il chercher ? chuchota la princesse, incertaine, ne sachant pas si elle devait s'inquiéter de cette conduite.

— Je n'en ai pas la moindre idée... Au moins, ils ne nous attaquent pas...

Malgré cela, le jeune homme était loin d'être rassuré et restait tendu, prêt à réagir. Après un temps qui lui parut un siècle, l'*axouma* extirpa finalement de son sac deux objets indigo en forme d'étoile à cinq branches, puis il se comporta d'une manière extrêmement surprenante : déposant lentement son pieu sur le sol, il avança vers eux, paumes tendues vers le ciel. Sur le coup, Cantin eut le réflexe de diriger sa main vers la poignée de son épée, mais sa raison prit vite le dessus et il arrêta son geste : la conduite du chef se voulait clairement pacifique. D'ailleurs, lorsque celui-ci ne fut plus qu'à trois ou quatre mètres, il s'immobilisa. D'un doigt – Cantin ne savait s'il fallait parler du pouce ou de l'index, puisque la créature n'avait que quatre doigts –, l'*axouma* pointa les étoiles indigo qu'il tenait dans sa main gauche, puis en porta une à son oreille, répétant ce mouvement à plusieurs reprises.

— Je crois qu'il veut que nous mettions un de ces objets contre notre oreille, murmura Isaya.

Cantin pouvait presque palper la réticence dans la voix de sa compagne. Lui-même ne se sentait pas très chaud à cette idée : après tout, ces étoiles étaient peut-être des engins alchimiques maléfiques qui permettraient à ces créatures de les plier à leur volonté... Mais

214

ils devaient essayer. Il était hors de question de refuser maintenant.

L'adolescent fit deux pas vers l'avant, stoppa et scruta l'*axouma*, qui réagit en se penchant et en déposant les étoiles sur le sol. Cela accompli, il rejoignit les siens à reculons, ne quittant à aucun moment Cantin des yeux. Quoiqu'il fût incapable de lire adéquatement l'expression du chef, l'Iséen eut l'impression que ce dernier le craignait autant sinon plus que lui-même le craignait.

Après avoir franchi la distance qui le séparait encore des mystérieux objets, Cantin s'accroupit et les récupéra. Les étoiles étaient molles et spongieuses, presque gluantes. Le garçon se releva, retourna auprès de la princesse et lui en tendit une.

— Puisqu'il le faut… marmotta Isaya tout en écartant sa chevelure noire.

Au moment où Cantin plaça l'étoile contre son oreille, celle-ci se mit à frémir, comme si elle prenait vie : l'appareil alchimique, comprit-il rapidement, s'adaptait aux dimensions de son pavillon. Il retint sa respiration, ne sachant pas à quoi s'attendre. Plusieurs secondes s'écoulèrent sans qu'il se passe quoi que ce soit. Puis, soudain, une voix se matérialisa dans son esprit :

— Que voulez-vous ? Qu'êtes-vous venus faire ici ?

Ces paroles déroutèrent complètement Cantin qui resta muet, interdit : l'*axouma* lui avait parlé en iséen !

— Ne nous appelez pas ainsi ! tonna la voix. Ne nous appelez *jamais* de notre ancien nom d'esclaves, jeunes humains prétentieux et cruels.

Comment était-ce possible ? Il n'avait rien dit ! songea l'adolescent, confondu.

— Vous l'avez pensé ! C'est tout comme… lança la voix, tremblante de colère.

Tournant légèrement la tête, Cantin regarda Isaya, cherchant quelque chose à quoi se raccrocher. Mais il ne trouva rien de ce côté : elle était pétrifiée et livide, comme lui.

— Les étoiles que je vous ai données ont été façonnées grâce à l'alchimie bienfaitrice de la Mère des mères et de sa Source éternelle. Elles nous permettent de communiquer avec les êtres sans âme et sans conscience. Comme vous, les humains.

En écoutant la créature – qui lui parlait en yprien –, Isaya sentit qu'une douleur cuisante était enfouie sous cette agressivité apparente. Cette animosité n'était pas viscérale. Fruit d'une haine ancestrale, certes, elle était d'abord motivée par une peine profonde et concrète.

— Je suis la princesse Isaya d'Ypres et voici mon mari, le comte de Fontaubert. Nous sommes venus en terre d'Endée pour demander votre aide, fit-elle dans un effort pour dissiper la tension. Je vous assure que nous ne voulions pas vous offusquer. Nous sommes ici en amis.

En prononçant ces mots à voix haute, l'adolescente réalisa qu'elle aurait pu simplement les laisser se dérouler dans son esprit. L'étoile que le… le… au fait, comment devait-elle l'appeler ?

— Mon nom est Uxly Tov, répondit la créature, et nous sommes des Katéwans. Quant à vous aider, je ne vois pas pour quelle raison nous le ferions. Vos hordes déferlent sur Endée depuis quatre lunes maintenant et massacrent les nôtres… Non, jeunes humains, vous servirez plutôt d'otages…

Isaya tenta de répliquer, mais dès que les dernières phrases du chef moururent en elle, l'étoile accrochée à son oreille se détacha et tomba, tout comme celle de Cantin. Le Katéwan avait, semble-t-il, mis un terme à la conversation de manière unilatérale. *Otages…* Ils étaient des otages, donc… Mais pourquoi ? Et d'où provenaient ces hordes d'humains qui envahissaient Endée ? S'agissait-il de son père et de cet horrible marquis de Chamel, à nouveau ? Isaya eut honte à cette idée, bien qu'elle fût peu plausible… Et si ce n'était pas eux, se pouvait-il qu'il y ait des hommes hors d'Isée et d'Ypres ? Tant de questions sans réponse…

Alors que la princesse réfléchissait ainsi, le chef des Katéwans fit un signe à ses subordonnés. Une fraction de seconde plus tard, deux d'entre eux bondirent vers l'avant et, d'un même mouvement, lancèrent chacun une corde, l'une vers Isaya et l'autre vers Cantin. Surpris par la rapidité de leur action, les deux compagnons n'eurent pas le temps de réagir : le filin alchimique s'enroula autour de leurs tailles à la vitesse de l'éclair, attachant du même coup leurs bras à leurs flancs. Tandis que le lien se resserrait, Isaya sentit un souffle de désespoir la traverser. Quelle malchance... Ils avaient atterri en plein milieu d'une guerre qui opposait les Katéwans à des êtres humains... Jamais ils ne parviendraient à convaincre Uxly Tov de leur bonne foi dans ces conditions. Cela paraissait mission impossible.

▲ ▼ ▲

En fin d'avant-midi, après deux heures de marche, les Katéwans et leurs prisonniers atteignirent la limite des ruines et pénétrèrent dans une forêt luxuriante. Tout en marchant, Cantin observait la végétation, les arbres gigantesques et les fougères immenses qui recouvraient le sol, fasciné par ces espèces qu'il ne connaissait pas. Plus tôt, il avait même entrevu un oiseau au plumage rose et jaune. Il ne devait pas y avoir d'hiver rigoureux, en terre d'Endée, puisqu'un tel animal, dans la neige, serait une cible parfaite pour les prédateurs.

L'adolescent regarda Isaya qui cheminait devant lui, les bras attachés au corps, et éprouva un pincement au cœur à cette vue. Sans défense, à la merci des Katéwans, voilà comment il se sentait... Ceux-ci, à l'avant et à l'arrière, tenaient quant à eux leurs lances bien hautes, comme pour le narguer. Dans la pénombre de l'épaisse frondaison, Cantin pouvait apercevoir une lueur mauve à l'extrémité des pieux de métal. Il n'avait aucune envie de découvrir quel effet ces armes alchimiques auraient sur lui s'il tentait de déguerpir.

— Combien de temps vont-ils encore nous faire marcher ? lança la princesse en tournant les épaules vers lui. Ça fait si longtemps déjà, je suis épuisée... Comment des créatures aussi frêles peuvent-elles être si endurantes ? Et puis, il fait tellement chaud et humide...

Cantin grimaça, irrité : Isaya aurait dû s'efforcer de contenir sa mauvaise humeur. Ce n'est pas en se montrant contrariés qu'ils convaincraient les Katéwans de leurs bonnes intentions.

— Je sais. Moi aussi, je suis fatigué, répondit-il. Mais tant que les étoiles indigo demeurent rigides, nous ne pouvons pas communiquer avec eux. Par ailleurs, il ne faut absolument pas les brusquer.

— Tu as raison... Il reste qu'ils me rendent folle avec leur silence obstiné.

Depuis leur départ, les créatures n'avaient en effet émis aucun son. Les deux compagnons avaient bien tenté de leur parler, mais les Katéwans étaient demeurés imperturbables. Cantin se doutait qu'ils communiquaient probablement entre eux par télépathie, et cela, sans appareil alchimique… Ce qui, par extension, prouvait que… L'adolescent fut stupéfié par l'idée incroyable qui venait d'éclore en lui : cela signifiait qu'ils possédaient peut-être un pouvoir alchimique intrinsèque ! Il y avait plusieurs mythes et légendes à propos de tels êtres, des histoires que Cantin avait toujours jugées captivantes, mais auxquelles il n'avait jamais prêté la moindre véracité… Jusqu'à aujourd'hui.

Sa réflexion fut placée en veilleuse par une soudaine commotion, à l'avant. Les deux Katéwans qui menaient la marche s'étaient immobilisés et paraissaient contrariés, vivement contrariés. Leur chef, qui occupait la position de serre-file, doubla Cantin et alla les rejoindre. Peu après, des bruits de course se firent entendre et un sixième Katéwan apparut sur le sentier, devant la troupe. S'arrêtant face au trio, il se mit à gesticuler, les lèvres serrées. Cantin en déduisit qu'il s'agissait d'un éclaireur et que les nouvelles qu'il ramenait étaient mauvaises.

— Qu'est-ce qui se passe, maintenant ? fit Isaya entre ses dents.

La princesse secoua la tête tout en insérant une main dans une de ses poches pour constater une énième fois l'état de l'étoile alchimique. Elle s'aperçut alors avec soulagement que l'objet s'était enfin ramolli. Le saisissant, elle fit volte-face et le montra à Cantin. Puis, s'assoyant, elle se contorsionna afin de le placer contre son oreille malgré les liens qui bloquaient ses bras aux coudes. Quand cela fut accompli, l'appareil vibra et adhéra à sa peau.

— Où vont-ils ? lança alors la voix du chef, tonitruante et furieuse. Vont-ils là où nous croyions ?

Isaya se releva et repéra Uxly Tov des yeux. Il lui sembla que le Katéwan était devenu encore plus pâle et diaphane qu'auparavant. Le chef était littéralement blanc de colère… et il s'adressait à elle et à Cantin.

— Stoppez ce petit jeu stérile et répondez ! exigea-t-il.

La jeune fille resta interdite, se rappelant que le Katéwan pouvait lire dans ses pensées… Mais cela ne changeait rien au fait qu'elle ne comprenait pas de quoi il était question.

— De cette colonne de guerriers humains tatoués qui se déplace près d'ici !

Une colonne d'hommes tatoués… Des Basaltes ? C'était impossible ! Comment des Basaltes pourraient-ils avoir voyagé jusqu'en terre d'Endée ? Inconcevable… Elle ne savait que dire au chef. Tout cela la dépassait.

— Je suis vraiment désolé, mais nous n'en avons aucune idée. Nous sommes arrivés hier! lança à ce moment Cantin, affolé.

— Vous n'êtes que des fourbes, comme tous ceux de votre race! rugit Uxly Tov.

Sur ce, l'étoile redevint subitement rigide et tomba de l'oreille de la princesse qui, frustrée, dut s'agenouiller pour la récupérer sur le sol. Si les Katéwans mettaient toujours fin à leurs conversations ainsi, jamais ils ne parviendraient à établir un dialogue! Et encore moins à obtenir leur assistance! Malgré tout, Isaya comprenait la réaction des Katéwans: comment ces créatures pourraient-elles leur faire confiance et les aider si elles étaient attaquées au même moment par des hordes de guerriers humains? C'était beaucoup demander, trop demander…

XII

L'alchimie des larmes

Le signal du départ n'arrivait pas et les esprits commençaient à s'échauffer. Depuis des heures, Zarco tournait en rond et se tortillait sur le divan du salon où Marita et lui avaient reçu l'ordre de patienter. Les deux adolescents avaient déjà discuté du plan proposé par le roi et la duchesse dans ses moindres détails, soupesant tous les risques. Et des risques, ce n'est pas ce qui manquait, car l'ordre de la Clef avait de longs tentacules. On leur avait ainsi expliqué qu'ils ne pourraient quitter Janance en empruntant les passages secrets de la citadelle royale, parce que les religieux en connaissaient probablement les points de sortie. Cette annonce n'avait, bien entendu, calmé en rien le stress de Zarco. Au contraire, elle l'avait plutôt hissé à des niveaux records, provoquant chez lui palpitations et nausée.

D'une simplicité déconcertante, le plan consistait plutôt à sortir de la forteresse par la porte que tous les marchands et les ouvriers utilisaient quand ils y avaient à faire. Zarco et Marita devaient passer par là sans déployer plus d'efforts que celui de porter des vêtements d'artisans – d'apprentis menuisiers, plus précisément. Le tout reposait sur l'idée que les religieux ne s'attendraient pas à autant d'audace. En théorie, les deux jeunes pourraient donc filer sans ennui... En théorie. Si les choses tournaient mal, la garde s'interposerait. Mais il n'était pas certain qu'elle puisse contenir la foule...

Alors qu'ils attendaient les soldats qui devaient les accompagner dans leur fuite, Marita, elle-même très nerveuse, avait été forcée de mettre son propre trouble de côté pour calmer Zarco. Elle l'avait pris dans ses bras tout en l'assurant que le roi et la duchesse savaient ce qu'ils faisaient.

— Même mes parents feraient aveuglément confiance au jugement d'Amna de Tyrtel, avait-elle affirmé, consciente de maquiller un peu la vérité.

En effet, sa mère, la comtesse de Huïs, ne jugeait-elle pas que sa meilleure amie était prête à de trop grands sacrifices afin d'ouvrir la voie à la Grande Réconciliation ? Deviendraient-ils, Zarco et elle, un de ces sacrifices faits sur l'autel de la paix, comme le mariage de Cantin ? Marita s'était retenue de partager ses réflexions avec Zarco ; elle avait besoin de lui pour affronter ce qui s'en venait et ne voulait pas lui offrir d'autres sources de soucis. Si jamais les choses tournaient au vinaigre, son compagnon devrait prendre les commandes... Elle n'était pas comme Isaya : en dehors d'une bibliothèque, elle se sentait un peu perdue...

Grâce au réconfort de Marita, lorsque les trois hommes de la garde personnelle du roi les rejoignirent finalement, le teint de Zarco était passé du vert forêt au vert pelouse et l'adolescent était prêt à les suivre. C'est néanmoins avec l'impression de se diriger vers l'échafaud que le jeune homme descendit les marches qui menaient à la cour donnant sur la porte de service. Devant lui se tenaient leurs accompagnateurs, un jeune lieutenant du nom de Janin Maldache et deux de ses sous-officiers. Les militaires portaient chacun du matériel de menuisier à l'épaule, leurs armes cachées parmi les scies et les rabots. Malgré le déguisement, Zarco leur trouvait un air martial. Les soldats ne dégageaient pas l'attitude relâchée et presque joyeuse d'un groupe d'ouvriers quittant les lieux après une dure journée de labeur. Il se demanda, angoissé, si cette approche directe était vraiment sage.

Arrivé au bas de l'escalier, Zarco mit pied sur le pavement de pierre de la cour intérieure. De nombreux artisans et chariots de commerçants quittaient la forteresse en cette fin d'après-midi. Jetant un œil craintif sur la porte de service, l'adolescent aperçut d'abord un mince cordon de gardes royaux et, au-delà, des hommes et des femmes vêtus de pèlerines. Il y avait tout au plus cent cinquante manifestants à cet endroit, ce qui était mieux que d'avoir à affronter les milliers de gens massés sur la place du Trône. Il demeurait que même une foule aussi modeste, si elle le voulait, pouvait avoir le dessus sur quelques soldats, d'autant plus que ceux-ci avaient reçu l'ordre de se servir de leurs armes uniquement à titre dissuasif.

Zarco se tourna vers Marita. Il trouvait étrange de la voir habillée en pantalon de toile, comme une ouvrière. Dans ce grand manteau de feutre, elle ne ressemblait pas du tout à une noble. Son amie était pâle, aussi pâle qu'il devait l'être lui-même. Son regard croisa le sien brièvement et il eut honte : il devait se montrer plus fort, plus courageux. Après tout, cette situation n'était pas pire que la bataille qu'il avait menée, avec Cantin et Isaya, contre ces cinq Basaltes, en terre d'Ypres. Sauf que, cette fois-là, il n'avait pas eu à y penser avant... Il n'avait fait que réagir instinctivement. Tandis qu'aujourd'hui...

Après quelques pas dans la cour, le lieutenant Maldache s'adressa à voix basse aux deux jeunes :

— N'oubliez pas, déclara-t-il, sérieux. S'il survient quoi que ce soit, revenez en courant vers la citadelle. Mes hommes et moi ferons intervenir les gardes et protégerons votre retraite. Par contre, s'il y a un pépin quand nous serons trop éloignés des remparts pour pouvoir y retourner, fuyez. Allez dans un lieu public et mêlez-vous à la foule afin que des poursuivants éventuels perdent votre trace. Nous nous retrouverons au point de rencontre dont nous avons déjà discuté.

Zarco et Marita acquiescèrent en silence, espérant, souhaitant que les événements ne les poussent pas jusque-là.

— Si c'est clair, allons-y ! conclut le militaire.

L'officier fit volte-face et se dirigea vers la sortie, la démarche confiante. Les autres soldats, de leur côté, encadrèrent les adolescents, avant de suivre leur lieutenant. Le petit groupe se joignit alors au flot d'artisans qui quittaient la citadelle, leur journée de travail terminée.

En cheminant, Marita scrutait la partie de la foule qu'elle pouvait apercevoir d'où elle se trouvait. Une fois hors de l'enceinte, ils devraient traverser ce rassemblement de croyants pour rejoindre l'autre côté de la zone tampon séparant les fortifications des immeubles de la ville. La plupart des gens étaient agenouillés sur des tapis de prière et récitaient une litanie expiatrice, guidés par un prêtre dont elle entendait la voix monocorde. Au moins, ils étaient plus posés qu'elle ne l'avait imaginé : la foule sur la place du Trône était très agitée. Peut-être était-ce dû au nombre moins important.

Tandis qu'elle traversait la herse marquant la limite des murs de la forteresse, Marita chercha un moyen de maîtriser la panique qui grimpait en elle à l'approche de la foule. Pour ce faire, elle concentra son attention sur deux ouvriers qui s'affairaient à allumer les lampadaires alchimiques, en prévision de la nuit qui approchait. L'homme et la femme tenaient d'une main une longue perche et, de l'autre, une boîte à laquelle ces tiges étaient reliées par un fil. De l'extrémité de leurs perches, ils allaient toucher le cristal de chaque lampadaire, lui transférant ainsi l'énergie alchimique qui l'illuminerait jusqu'au matin. Depuis toujours, Marita était fascinée par cet acte qui permettait d'éclairer la nuit des villes d'Isée. Malgré toutes les horreurs qu'elle pouvait produire, l'alchimie avait aussi ses avantages…

Le groupe avait presque atteint la lisière de bâtiments et l'entrée d'une rue étroite, à l'extrémité de la zone tampon, quand Zarco s'aperçut que quelque chose n'allait pas : le prêtre, qui menait la prière des manifestants, avait subitement cessé sa psalmodie. Pivotant, l'adolescent vit que ce dernier les dévisageait, Marita et lui, le regard menaçant… Il les avait reconnus !

— Courez ! s'écria le lieutenant au même instant, en pointant du doigt la rue qui se déroulait devant eux.

Malgré cette indication plus qu'explicite, Zarco dut lutter contre l'envie pressante de s'élancer vers la citadelle et sa promesse de sécurité. L'officier avait raison, les fortifications étaient déjà trop loin… Il jeta alors un œil sur Marita et s'aperçut qu'elle était pétrifiée sur place. C'était à lui d'agir.

— Qu'attendez-vous ? Partez ! Maintenant ! s'exclama à nouveau le lieutenant tout en dégainant son épée.

Zarco s'empara sans plus tarder de la main de sa compagne et ils foncèrent dans la ville. Talonnés par la peur, ils enfilèrent les changements de direction à la moindre occasion afin de perdre leurs poursuivants dans le dédale des rues. Durant cette course éperdue, Zarco ne put s'empêcher de penser à Cantin et à Isaya et de redouter ce qu'on leur ferait subir s'ils étaient pris à leur retour… Y avait-il pire que le rituel de Jonas ?

▲ ▼ ▲

Isaya s'écroula sur le sol. La cadence effrénée de la marche l'avait épuisée et quand les Katéwans décidèrent de faire une pause, elle n'y tint plus et se laissa tomber contre un arbre avec Cantin. C'est donc en soufflant bruyamment que la princesse appuya sa tête contre l'écorce.

À la suite de la conversation qu'ils avaient eue avec Uxly Tov, Isaya avait déduit qu'ils se dirigeaient probablement vers un campement ou un village, pour avertir les habitants de la présence d'un groupe de guerriers humains. L'adolescente doutait cependant toujours qu'il puisse s'agir de Basaltes. Les tatouages devaient être une coïncidence…

— Qui sont ces guerriers? Et de quel endroit peuvent-ils bien provenir? lança-t-elle, haletante, à Cantin. Est-ce que cela signifie qu'il y a des êtres humains ailleurs qu'en terre d'Isée et qu'en terre d'Ypres? Si oui, ce serait une découverte extra-ordinaire!

Son compagnon, hors d'haleine lui aussi, prit une inspiration avant de répondre à cette question qui le perturbait autant qu'elle.

— Tes suppositions sont aussi bonnes que les miennes, fit-il enfin, exaspéré par leur ignorance. Pour le moment, tout ce que je sais, c'est que peu importe qui ils sont, ils nous empêchent de prévenir la Septième Guerre.

La jeune fille n'ajouta rien et écarta de sa joue une mèche de cheveux rendue humide par la sueur. Pourquoi tous ces gens se battaient-ils? Cela la dépassait complètement… Son défunt tuteur, Talon Zépha de Bartel, lui avait un jour expliqué que guerroyer était plus facile que chercher la paix, qui demandait de plus grands sacrifices. Isaya saisissait maintenant la portée profonde de ce sage enseignement. La paix exigeait plus de courage car elle forçait des concessions de chacun, parce qu'elle demandait beaucoup d'humilité et de volonté. Des orgueilleux assoiffés de pouvoir, comme son père et le marquis de Chamel, ne saisiraient jamais cette vérité. Et pour cette raison, elle les détestait de tout son être…

Près de la princesse, Cantin se torturait lui aussi l'esprit, tentant d'imaginer une stratégie pour faire comprendre aux Katéwans que leur objectif, en venant en terre d'Endée, était d'empêcher un conflit armé. Il fallait leur démontrer qu'ils étaient prêts à tenter l'impossible pour que la guerre qui les opposait à ces hommes tatoués cesse elle aussi. L'adolescent n'arrivait toutefois pas à concevoir comment s'y prendre, comment percer le mur de méfiance et de colère qui était érigé entre eux. Et puis, il devait aussi tenir compte de la possibilité que les Katéwans soient les agresseurs et que les êtres humains dont il était question ne fassent que se défendre… Sur ce plan, le journal du chevalier de Boa donnait à réfléchir. Néanmoins, il ne savait trop pourquoi, Cantin sentait que c'étaient probablement les hommes tatoués qui étaient en tort dans cette affaire. Quelque chose chez les Katéwans lui laissait croire qu'ils n'étaient pas un peuple habitué à la haine. Si cette intuition était exacte, alors la situation actuelle frôlait le ridicule et il devait trouver une manière de communiquer leurs bonnes intentions à Uxly Tov.

Tout en réfléchissant ainsi, Cantin palpait l'étoile indigo, dans la poche de son pantalon. Qu'allait-il faire la prochaine fois qu'elle s'amollirait ? Ce problème le taraudait, obsédant, sans réponse. Qu'allait-il pouvoir leur dire ? *Dire...* À cet instant, l'adolescent cessa de respirer. Une idée fantastique venait de se matérialiser en lui. *Dire ?* Qui avait parlé de dire quoi que ce soit ? Voilà, c'était cela ! Il bondit sur ses pieds.

— Ça y est, je tiens la solution ! s'écria-t-il à l'adresse de la princesse. Je sais comment les convaincre de notre bienveillance. Viens, nous devons discuter avec le chef !

Sur le coup, Isaya dévisagea son compagnon sans comprendre. Elle ouvrit la bouche pour le questionner, mais il était trop tard : Cantin se dirigeait déjà vers le petit groupe de Katéwans, à quelques mètres d'eux. À l'exception de l'éclaireur, reparti à l'avant, les cinq individus étaient tous là, installés en cercle autour d'un arbre auquel ils faisaient dos. Même si leur posture semblait indiquer le contraire, on devinait, à l'expression changeante de leur visage, qu'ils étaient en train de converser.

Quand ils remarquèrent Cantin, les deux Katéwans les plus près de lui se levèrent et pointèrent leurs lances alchimiques dans sa direction. Les extrémités mauves luisaient de manière lugubre dans l'ombre de la forêt. Ne pouvant qu'observer la scène sans bouger, par peur d'aggraver les choses, la princesse espéra que l'adolescent avait véritablement un plan, et qu'il ne serait pas blessé en tentant de le mettre en branle... Ces armes alchimiques lui donnaient la chair de poule, lui rappelant cruellement que, si rien n'était fait, celles de la Voûte des mages permettraient sous peu à leurs deux royaumes de s'entredéchirer.

Tandis qu'il marchait vers les créatures, Cantin sortit son étoile indigo de sa poche et fit mine de la placer contre son oreille. De l'autre main, il pointait Uxly Tov puis, en alternance, se pointait lui-même. Tâtant sa propre étoile, qui était toujours parfaitement rigide, Isaya craignit que le chef ne refuse le dialogue et qu'il ordonne aux autres Katéwans de mater cet être humain impudent. Cependant, il n'en fut rien : alors qu'Uxly Tov faisait quelques pas vers Cantin, elle sentit la texture de l'objet alchimique se modifier dans sa paume. La princesse colla l'étoile contre son oreille, appréhendant les conséquences de l'initiative du garçon, mais impatiente et curieuse de connaître ce qui avait motivé cette témérité.

Durant les premières secondes, il n'y eut rien. L'adolescent ne dit, ou plutôt ne pensa absolument rien, ce qui augmenta l'anxiété d'Isaya : que lui était-il passé par la tête ? Puis quelque chose se produisit enfin : une impression étrange l'envahit et un filtre de brume troubla bientôt sa vision. Avant qu'elle ait pu réagir, une image survint, accompagnée d'une bouffée de sentiments, et non de mots… Estomaquée, la jeune fille vit le duc de Tyrtel prendre Cantin dans ses bras et le serrer contre sa poitrine, tout en ressentant un bouquet de peur et de colère mêlé à un désir de paix inébranlable. Isaya crut d'abord à une hallucination. Ce n'est qu'après un temps qu'elle saisit de quoi il s'agissait : elle assistait aux adieux de Cantin et de son père, lors de son départ pour Ypres ! Par la suite, les images changèrent et elle fut témoin, du point de vue de son compagnon, de leur rencontre initiale dans l'écurie royale de la citadelle de Miranceau, de leur mariage, du moment où elle lui avait appris le complot de son père et du marquis de Chamel, des batailles contre les Basaltes, de la mort du garçonnet dans la ferme, et de bien d'autres choses. Mais surtout, elle put presque palper les impressions d'horreur et d'impuissance que Cantin avait éprouvées, ainsi que la profonde culpabilité qu'il entretenait par rapport à ces événements violents, et qui le hantait, où qu'il aille. L'ensemble des scènes charnières qui les avaient menés jusqu'ici, dans cette forêt d'Endée, y passa…

Devant cette expérience incroyable, Isaya tenta de rester la plus froide possible. Elle ne voulait pas que ses propres émotions viennent interférer avec l'histoire du garçon. Et puis il y avait aussi la gêne qu'elle ressentait à l'idée que l'on puisse avoir accès à ses pensées intimes : elle tenait à préserver son jardin intérieur...

C'est en tentant de retenir ses réactions que la princesse découvrit qu'elle pouvait refuser de partager ses réflexions, ses émotions et ses souvenirs avec ses interlocuteurs. En fait, elle réalisa cela après avoir entrevu l'horrible opinion que Cantin avait d'elle lors de leurs premiers échanges, et en devint complètement certaine quand il eut abordé le moment où il avait discuté avec Marita dans l'écurie de l'auberge... Isaya ne put s'empêcher d'éprouver un élan de joie en comprenant que l'Iséenne n'était pas une rivale, que Cantin avait tiré un trait. Et comme cette effusion spontanée ne perturba pas le récit de son compagnon, qui n'y réagit aucunement, cela prouva à Isaya qu'elle avait pu la lui cacher.

L'adolescent en arriva, enfin, à la scène actuelle, à l'instant où il avait décidé de s'ouvrir aux Katéwans, à son vif désir de les aider à mettre un terme au conflit qui les opposait aux guerriers tatoués ; puis il fit le vide dans son esprit. Et il n'y eut plus rien... La brume devant les yeux d'Isaya se dissipa alors peu à peu et elle ne perçut plus que le bruissement du feuillage. Scrutant les Katéwans, elle en déduisit que Cantin les avait pris au dépourvu : leurs visages avaient, à n'en pas douter, revêtu une expression de total étonnement. À cette vue, la princesse eut un pincement, certaine que cette situation ne pouvait aboutir qu'à un dénouement très positif ou très négatif, mais qu'il n'y aurait pas de conclusion en demi-teinte…

Bientôt, la brume réapparut dans son regard, annonçant que la réponse cruciale approchait. La réplique du chef katéwan fut toutefois à des lieues de ce à quoi elle s'attendait, se limitant au début à une marée d'émotions : elle fut envahie par un profond sentiment de gratitude et de soulagement, le type de sentiment que l'on éprouve lorsqu'on croit tout perdu et qu'un miracle survient, qu'on se découvre des alliés inattendus… Puis cette déferlante céda la place à l'urgence : il fallait parer au plus pressant, il fallait repartir pour avertir un village du danger immédiat que la horde de guerriers humains représentait.

Avant de rompre la communication, Uxly Tov lança cependant vers Cantin et Isaya deux courtes séquences d'images qui les bouleversèrent au plus haut point. Dans la première, ils virent des hommes qui attaquaient les Katéwans et furent abasourdis de constater qu'il s'agissait bien de Basaltes… Sans leur laisser le temps d'absorber le choc, une autre scène succéda à celle-ci, une scène dans laquelle ils aperçurent une fosse remplie de cadavres Katéwans. Toutes les créatures portaient deux plaies sur le front, une au-dessus de chaque œil. Des soldats humains étrangement vêtus allaient et venaient, jetant toujours plus de corps inertes dans le charnier. En comprenant que ces images dataient de plus de mille ans, que les hommes qu'ils observaient étaient leurs ancêtres, les adolescents ne purent réprimer un frisson de dégoût. Et cette nausée s'amplifia lorsqu'ils saisirent pleinement la signification de cette scène, lorsque Uxly Tov leur apprit que les cubes alchimiques étaient le fruit d'un tel massacre. Ils surent alors pourquoi les *axoumas* avaient chassé les hommes d'Endée… À cause de l'alchimie du mal, à cause de l'alchimie des larmes.

▲ ▼ ▲

La maison se dressait dans le quartier le plus pauvre de Janance. Construit en brique brune, l'immeuble de cinq étages avait déjà connu des jours meilleurs. À certains endroits, la façade s'effritait et plusieurs fenêtres étaient placardées. Lorsque Marita vit l'adresse inscrite au-dessus de la porte cochère de l'édifice, elle se sentit soulagée, puis fut prise d'un doute subit : si les religieux avaient eu vent de l'existence de cet endroit, du fait qu'il appartenait à la Couronne, peut-être était-il gardé. Dans ce cas, Zarco et elle marchaient tout droit dans un piège… Les hommes du roi les avaient d'ailleurs bien avertis : une fois parvenus ici, ils devaient patienter au plus vingt minutes et, si personne ne les y rejoignait, filer seuls vers Tyrtel grâce aux montures qui les attendaient à l'écurie.

Marita, qui avait guidé Zarco à travers la ville, lui fit signe de la suivre et pénétra discrètement dans le passage qui menait à la cour arrière. L'adolescent lui emboîta le pas, les sens aux aguets. Dans l'éventualité où un comité d'accueil les attendait, ils auraient peu de temps pour réagir… Augmentant le rythme, Zarco rattrapa sa compagne : il devait être en mesure de s'interposer si quelque chose se produisait. Contrairement à la princesse d'Ypres, Marita n'avait pas l'entraînement nécessaire pour faire face à une escarmouche.

— Plus lentement, lui chuchota-t-il. Nous devons être prudents.

La jeune fille s'arrêta une seconde pour lancer un coup d'œil craintif à Zarco, puis se remit en marche. Dès l'instant où ils mirent pied dans la cour, il parut toutefois clair à Marita que leurs appréhensions étaient injustifiées : il n'y avait pas âme qui vive et l'écurie, dont le portail était grand ouvert, comptait comme prévu cinq chevaux.

— Tout va bien… fit-elle en lâchant un bref soupir.

Alors que son amie parlait ainsi, Zarco, de son côté, sentit son cœur s'emballer dans sa poitrine : il n'y avait personne ! Le lieutenant Maldache ne leur avait-il pas indiqué qu'un palefrenier était censé surveiller les animaux ?

— Non, ce n'est pas normal ! s'écria-t-il, tout son être en alerte. Il devait y avoir au moins un garçon d'écurie ! Et le portail a été laissé ouvert !

Le visage de Marita prit une teinte livide.

— Viens vite ! lança Zarco en la prenant par le coude et en l'entraînant dans l'écurie.

Les deux adolescents coururent jusqu'à leurs montures qu'ils enfourchèrent avant de se diriger vers la rue au galop. En atteignant le pavé, Zarco stoppa son cheval et se tourna vers Marita.

— Les soldats nous ont dit de franchir l'enceinte de la cité par la porte de Rambranceau. Quel est le chemin le plus rapide, selon toi ? lui demanda-t-il.

Sa compagne hésita un moment et, pendant qu'elle réfléchissait, Zarco parcourut des yeux l'espace autour de lui. Près d'eux, quelques passants marchaient, occupés à leurs affaires. Plus loin, le chariot d'un laitier était immobilisé devant une boulangerie, le conducteur déchargeant des caisses de bouteilles blanches. Puis, un peu au-delà, deux hommes et une femme en pèlerines de prière, accompagnés de ce qui ressemblait à un palefrenier, avançaient vers eux à grandes enjambées. Cette vue fouetta Zarco.

— Nous sommes repérés ! Nous devons filer par là ! s'exclama-t-il en indiquant le côté opposé.

— D'accord, suis-moi ! répliqua Marita, tendue à l'extrême.

Plantant ses talons dans les flancs de sa monture, celle-ci s'élança, imitée une fraction de seconde plus tard par Zarco. Ils enchaînèrent alors les rues et les avenues, franchissant les places en un éclair, déclenchant ce faisant nombre d'invectives chez ceux qui devaient s'écarter de leur chemin pour éviter d'être heurtés. Bientôt, les deux fuyards arrivèrent à proximité de la porte de Rambranceau et eurent la mauvaise surprise de voir que plusieurs croyants, dont deux religieux, s'y trouvaient déjà.

— C'est maintenant ou jamais! cria Zarco à Marita. Il faut suivre le plan! Allons-y!

Fonçant à toute allure, les adolescents se mirent à hurler à l'unisson le mot de passe que le lieutenant Maldache leur avait appris et auquel les sentinelles gardant la porte étaient censées réagir. « La paix à tout prix! La paix à tout prix! » s'écrièrent-ils encore et encore, à s'en arracher les cordes vocales. Durant un instant, cela ne produisit aucun effet et Marita fut prise de vertige : que feraient-ils si les soldats les trahissaient comme le palefrenier ? Tandis que la jeune fille commençait à envisager le pire, il y eut soudain un mouvement : une dizaine de militaires s'avancèrent et repoussèrent les manifestants, créant ainsi un espace où Zarco et elle s'engouffrèrent de justesse. À leur passage, plusieurs imprécations fusèrent, la plupart indiquant en termes plutôt crus qu'ils seraient damnés éternellement pour leurs actes, qu'ils porteraient sur leurs épaules la responsabilité de la Septième Guerre et de l'échec de la Grande Réconciliation.

Ces paroles, bien que douloureuses à entendre, ne touchèrent pas Zarco, heureux comme il était d'avoir réussi à se glisser entre les mailles du filet et d'être toujours en vie... Maintenant que Marita et lui avaient quitté Janance, ils seraient probablement en mesure de se rendre à Tyrtel sans encombre, et ce, même si cela les obligeait à faire un détour par les sentiers solitaires des montagnes afin d'éviter qu'on les capture. Tout était devenu si dangereux, si risqué... Des périls les guettaient à chaque moment.

XIII

Peine perdue

Le village katéwan s'étendait au sommet d'une petite colline entourée de champs gagnés sur la forêt. Depuis quelques minutes, Cantin était assis sur le sol, à l'orée du bois, et observait les alentours. L'endroit était calme en ce milieu d'après-midi. Des oiseaux chantaient gaiement. Et la température s'était quelque peu abaissée. Les habitants, quant à eux, vaquaient à leurs activités sans se presser. En bordure de la petite agglomération, près d'une bâtisse de rondins qu'il supposa être une école, des enfants s'amusaient et jouaient à un jeu dont les règles lui échappaient.

À leur arrivée, Uxly Tov avait indiqué à Isaya et à Cantin de rester à proximité de l'entrée du sentier qu'ils avaient suivi jusque-là. Puis il s'en était allé, laissant deux de ses subordonnés avec eux pour les surveiller.

Vraisemblablement, le chef ne voulait pas créer de panique en les amenant jusqu'au village et, pour la même raison, ne voulait pas non plus les laisser seuls. Au grand étonnement de Cantin, Uxly Tov avait cependant défait leurs liens et leur avait rendu leurs bagages, leurs armes... ainsi que la lance dorée du Cercle d'Endée.

En étudiant attentivement les villageois, Cantin remarqua des Katéwans de sexe féminin. Des Katéwannes. Au premier coup d'œil, celles-ci ressemblaient beaucoup à leurs compagnons masculins. Elles étaient d'ailleurs vêtues de manière plutôt semblable. Cantin put néanmoins observer quelques différences physiques. Si les deux sexes paraissaient atteindre à peu près la même taille à l'âge adulte, les Katéwannes avaient toutefois des yeux bruns et une chevelure décidément plus blonde que blanche – chevelure qu'elles gardaient très courte, elles aussi.

Après un temps, l'adolescent cessa de s'intéresser à l'agglomération et regarda Isaya, sans dire quoi que ce soit. Ils n'avaient pas échangé un mot depuis qu'ils avaient appris la nature de ce que les religieux d'Isée et d'Ypres nommaient l'*alchimie du mal*, et de ce que les Katéwans appelaient l'*alchimie des larmes*. Cette révélation était plus qu'étourdissante, elle était assommante. À tel point que Cantin ne savait comment l'aborder, se sentant incapable de l'assimiler d'un trait… Jamais il n'aurait cru qu'une telle chose puisse se dissimuler derrière le mythe de l'exil d'Endée. Une atrocité que les hommes d'Isée et d'Ypres avaient intégrée à leurs textes sacrés, pour ensuite l'oublier. Tout cela paraissait si irréel, si abominable… Cela changeait tout.

Par ailleurs, si Cantin n'osait parler à la princesse, c'était aussi parce qu'il se sentait embarrassé de s'être révélé comme il l'avait fait, de lui avoir ouvert son âme, de lui avoir montré ses peurs, ainsi que ce qu'il éprouvait pour elle. Jamais il ne s'était livré avec une telle franchise à quelqu'un, et il se sentait maintenant affreusement vulnérable. Plus que tout, il aurait voulu qu'elle ne connaisse rien de sa peur profonde de ne pas être à la hauteur des événements, de ne pas être à la hauteur de son destin…

Quand Isaya croisa finalement les yeux bleus de Cantin, elle comprit qu'elle devait faire un geste pour alléger l'atmosphère. Ce qui se déroulait était trop grave pour laisser un malaise s'immiscer entre eux et nuire à leur entente. Et puis, elle avait très envie d'en discuter… Elle sourit au garçon, d'un sourire un peu gêné mais franc, et posa doucement une main sur son épaule.

— Tu sais… moi aussi je suis heureuse que… eh bien, que tu sois là pour m'accompagner dans cette aventure, fit-elle en s'empourprant, avant de l'embrasser sur la joue, leur premier baiser depuis celui, forcé, qui avait scellé leur mariage.

Cantin lui rendit sa rougeur et, après une courte hésitation, se pencha à son oreille.

— Oui, nous faisons vraiment une bonne équipe… chuchota-t-il.

— Ça, c'est certain… répondit la princesse. Et je suis désolée de ne pas toujours être de tout repos…

À ces mots, Cantin se redressa et esquissa un mouvement de la main, comme pour signifier que ce n'était pas grave.

— Bon, que fait-on, maintenant ? lança-t-il.

Isaya, un peu déçue de ce rapide coq-à-l'âne, prit un instant avant de répondre.

— Je n'en sais rien, répliqua-t-elle enfin. La présence des Basaltes et… et cette alchimie des larmes… C'est si, si… Je suis dépassée.

— Moi aussi.

Cantin secoua la tête à plusieurs reprises. À chaque jour qui s'écoulait, les horreurs ne faisaient que s'accumuler et leurs difficultés, grossir. Il aurait dû pouvoir imaginer un plan… Mais, en vérité, comment agir contre un problème aussi énorme, contre un passé aussi lourd, contre autant de haine ? Et lui-même, était-il sans reproche ? N'avait-il pas tué des Basaltes et un soldat d'Ypres ? Tout cela était insupportable.

— Nous faisons de notre mieux, Cantin, ajouta la princesse. Je suppose que c'est ce qui compte.

Son compagnon lança sa tête vers l'arrière, dépité. C'était vrai, mais serait-ce assez ?

▲ ▼ ▲

Il s'écoula près de vingt minutes avant que des signes d'agitation apparaissent dans le village katéwan. Cela commença par les enfants qui, subitement, cessèrent de jouer et se dispersèrent, abandonnant leur matériel sur place. L'annonce d'une attaque imminente s'était mise à circuler... Peu après, des vieillards et des familles s'assemblèrent à la limite de l'agglomération, emportant avec eux un minimum de possessions. À quelques mètres de là, un autre groupe de Katéwans tenant des lances alchimiques se formait. De jeunes Katéwannes armées se tenaient parmi le groupe de défenseurs, et Cantin en déduisit qu'il était constitué des célibataires du village : les familles et les gens âgés fuyaient, alors que les autres demeuraient sur place pour protéger leurs arrières.

Après un certain temps, Cantin vit quatre Katéwans, dont Uxly Tov, se détacher de l'ensemble et se diriger vers eux. Peu après, les premiers civils se mirent en marche, s'orientant vers le nord-est et formant une longue colonne qui allait en s'étirant. L'adolescent récupéra son étoile alchimique dans sa poche et, constatant qu'elle s'était amollie, se tourna en direction d'Isaya pour l'en avertir.

— Je crois qu'ils veulent discuter, s'exclama cette dernière, le prenant de court.

La princesse sourit, réprimant un commentaire acide. Parfois, elle avait vraiment l'impression que Cantin la prenait pour une idiote… Cependant, plus elle apprenait à le connaître, plus elle s'apercevait que ce n'était pas le cas. Peut-être était-ce elle qui à certains moments interprétait mal sa conduite, prenant à tort sa prévenance pour de la condescendance… À sa décharge, il faut dire qu'à Miranceau elle avait toujours été sur ses gardes, prête à répliquer à la moindre attaque. Elle n'était pas du tout habituée à ce que les gens soient gentils avec elle. Après tout, elle n'avait jamais eu d'amis. Et encore moins d'amoureux…

Comme Uxly Tov et les autres Katéwans approchaient rapidement, Isaya plaça son étoile contre son oreille. Dès que l'appareil se fut adapté à son pavillon, la même brume que la fois précédente s'installa devant ses yeux. Contrairement à la première occasion, durant laquelle elle était trop fascinée par le phénomène lui-même pour s'attarder à quoi que ce soit d'autre, la princesse put noter que le voile ne l'empêchait pas de garder conscience de son environnement. C'était comme si l'objet alchimique la dotait d'un sixième sens qui s'additionnait aux autres sans pour autant leur nuire. La brume ne lui masquait pas la réalité, elle était plutôt une nouvelle couche de perception qui venait s'ajouter.

Avant même que les Katéwans soient assez près d'eux pour que, selon les critères humains, une conversation puisse avoir lieu sans hurlements, la princesse reçut une puissante vague d'émotions en provenance des quatre créatures. Un sentiment d'urgence, mêlé d'effroi et de désespoir profond la serra en étau. Plusieurs images à faire frissonner défilèrent par la suite en rafale : une série de villages en feu, des scènes de combat, de massacres… Puis des pensées en vrac succédèrent à ces flashes sanglants. Les Katéwans étaient des chasseurs, apprit-elle. Leurs lances ne recouraient qu'à l'alchimie de la Mère, à une magie non violente qu'ils étaient en mesure de canaliser. Ils ne se servaient d'ailleurs de leurs armes que pour engourdir leurs proies, qu'ils tuaient ensuite avec un long couteau sacré en récitant des incantations pour remercier la Mère de sa grande bonté. Ces explications terminées, les images des tueries reprirent le dessus. Les Katéwans, clairement, ne faisaient pas le poids contre les guerriers basaltes.

— Nous vous aiderons du mieux que nous pourrons, affirma Cantin à cet instant sans émettre le moindre son.

Devant cette déclaration, Isaya eut la chair de poule : dans quel pétrin s'engageaient-ils encore ? S'ils ne pouvaient découvrir un moyen d'annuler le pouvoir des armes alchimiques et d'éviter la guerre entre leurs propres royaumes, pourraient-ils réellement aider les Katéwans à combattre les Basaltes ? S'apercevant trop tard qu'elle n'avait pas gardé ses réflexions pour elle, mais qu'elle les avait partagées avec tout le groupe, la princesse se mordit la lèvre inférieure.

La réplique ne tarda pas et la prit au dépourvu, résonnant longuement en elle après la fin de la conversation :

— Si ce n'est que cela, trancha Uxly Tov, nous vous montrerons comment contrecarrer l'alchimie des larmes.

▲ ▼ ▲

Une demi-heure avait passé depuis que la dernière famille et le dernier vieillard s'étaient enfoncés dans l'ombre de la forêt, quand Cantin vit un éclaireur apparaître du côté opposé à celui qu'avaient emprunté les villageois. L'arrivant repéra le groupe de Katéwans armés qu'Isaya et lui avaient rejoint, et fonça vers eux à travers champ. Les nouvelles étaient mauvaises. Vraiment très mauvaises.

Les Katéwans avaient escompté attendre ici deux heures, le temps de laisser aux civils la chance de s'éloigner, pour ensuite se replier eux-mêmes. Cependant, Cantin comprit que le pire s'apprêtait à survenir, qu'il y aurait confrontation, que les Basaltes arrivaient... Cette certitude lui ôta toute envie de communiquer avec les Katéwans, ayant déjà eu auparavant un avant-goût amer de leur état d'esprit ; pour ceux-ci, il s'agissait d'une mission-suicide, d'un sacrifice volontaire ayant comme objectif de sauver le reste de leur communauté. Les frêles Katéwans étaient conscients du fait qu'ils ne pouvaient tenir tête aux guerriers basaltes au cours d'un affrontement direct, que la seule issue pour eux était la mort... Aucun d'eux ne semblait néanmoins hésiter, contrairement à l'adolescent.

Cantin se tourna vers Isaya, qui se tenait à proximité de lui, et la détailla. Elle était droite, belle et fière, cela même s'il la savait aussi effrayée que lui-même devant ce qui se tramait. Jamais les Katéwans ne résisteraient à l'assaut des Basaltes et, dans cette éventualité, ils perdraient la seule chance qu'ils avaient d'empêcher la Septième Guerre. Et c'était sans compter qu'ils risquaient de périr tous les deux... Mais que pouvaient-ils faire d'autre qu'épauler leurs nouveaux alliés et espérer, et prier afin que tout se déroule pour le mieux, afin que le plus noir des scénarios ne se réalise pas ? Abandonner les villageois à leur sort était d'ailleurs impossible. S'ils le faisaient, personne ne serait épargné, pas même les enfants... Cette idée ranima en Cantin le douloureux souvenir du garçonnet que le soldat du marquis de Chamel avait tué, dans la ferme, à la sortie de la forêt de Nan. Ce sombre rappel raffermit sa résolution : il lui fallait agir... Agir pour défendre ce en quoi il croyait, même si cela signifiait se lancer à nouveau dans l'abîme glauque et violent d'une bataille. Guerroyer pour obtenir la paix... Quel non-sens ! Il demeurait qu'on ne lui donnait pas d'autre choix...

— Quand les Basaltes arriveront, nous devrons demeurer ensemble, Isaya, et ne pas nous séparer. Quoi qu'il advienne. Dans la mêlée, il faudra que nous nous protégions mutuellement, sinon... s'interrompit-il, un trémolo dans la voix.

La princesse regarda Cantin, l'air sérieux, avant de cligner lentement des yeux pour indiquer qu'elle était du même avis. Elle tenta ensuite d'esquisser un sourire, mais en fut incapable. Même si elle était sûre que, sous sa solidité apparente, son compagnon devait mourir d'anxiété – une certitude que l'étoile indigo, en lui ouvrant une fenêtre sur son monde intérieur, avait confirmée –, il demeurait que l'attitude exemplaire du garçon l'aidait à garder la tête haute. Sans pour autant effacer son trouble. Surtout qu'une petite voix intérieure lui susurrait que le royaume d'Ypres, que son propre père était probablement à l'origine de la situation actuelle… Elle n'arrivait pas à comprendre comment cela était possible, mais il lui semblait évident que la présence des Basaltes en terre d'Endée était loin d'être une coïncidence. Tous les événements devaient être liés, d'une manière ou d'une autre. Pour la première fois, elle alla même jusqu'à se demander si la dissipation, vingt ans trop tôt, de la force alchimique qui séparait Ypres et Isée, ne pouvait pas aussi être le fait de son père et de son sinistre acolyte…

Le fil des pensées d'Isaya fut soudain brisé par l'irruption d'un second éclaireur, qui sortit de la forêt en courant. Après avoir parcouru quelques mètres, celui-ci se mit à tituber et, un peu plus loin, s'écroula. Sur le coup, la princesse fut étonnée de constater l'absence de réaction dans le groupe de Katéwans près d'elle. Elle n'eut toutefois pas le loisir d'exprimer sa surprise, car l'arrivée d'un premier Basalte répondit à son questionnement.

— Ça y est, nous y voilà, fit Cantin entre ses dents. Tout se joue maintenant.

Tandis qu'il attrapait vivement son arc dans son dos, l'adolescent scruta la lisière de la forêt, d'où les guerriers basaltes émergeaient l'un après l'autre en lançant des hurlements sauvages. À chaque nouvelle silhouette, Cantin ressentait un malaise, espérant que ce serait la dernière… Mais le flot ne tarissait pas : dix, vingt, trente, quarante, cinquante… Le compte s'arrêta à cinquante-huit : il y avait presque autant de Basaltes que de Katéwans. Si ces derniers avaient été des soldats d'Ypres ou d'Isée, disciplinés et entraînés, ils n'auraient fait qu'une bouchée des guerriers sanguinaires. Cependant, les Katéwans étaient petits, beaucoup moins forts et, surtout, mal armés. Leurs lances, toutes alchimiques fussent-elles, ne faisaient qu'engourdir durant une brève période et étaient par conséquent peu utiles dans une bataille rangée comme celle qui s'annonçait. C'était à se demander comment ils avaient pu bouter les êtres humains hors d'Endée, un millénaire auparavant.

Pendant que, à deux cents mètres de lui, les hommes aux visages tatoués se dispersaient le long des arbres, se préparant à donner l'assaut, Cantin palpa ses flèches dans son carquois. À ses côtés, Isaya tendait et détendait la corde de son arc, pour en tester l'élasticité. Les Katéwans, eux, restaient immobiles. Les bras croisés contre leur poitrine, ils priaient à l'unisson.

Soudain, il y eut un mouvement chez les Basaltes et Cantin put voir une vingtaine d'hommes, équipés d'arcs longs, s'avancer. À cette distance, les arcs de chasse dont Isaya et lui disposaient ne pouvaient atteindre les guerriers ; mais les armes de ceux-ci, beaucoup plus puissantes, avaient la portée nécessaire. Cantin sentit son pouls battre contre ses tempes, sachant que dans des conditions propices, comme aujourd'hui, les meilleurs soldats iséens étaient en mesure de décocher plus de dix flèches à la minute. Par chance, les Basaltes, comme ils l'avaient déjà prouvé par le passé, n'étaient pas aussi efficaces. Il restait malgré tout que les volées successives décimeraient vite leur groupe…

Les hommes tatoués bandèrent leurs arcs, puis il y eut un moment de flottement durant lequel Cantin retint son souffle. C'est alors qu'un cri retentit et que les flèches prirent leur envol. La gorge serrée, l'adolescent échangea un court regard d'effroi avec la princesse, qui avait perdu sa superbe. La peur se lisait à présent sur ses traits : ils n'avaient pas le temps de courir au village pour se mettre à l'abri. Le hasard était désormais maître de leur destin.

Dans le ciel, pendant que la première volée plongeait vers eux, une seconde bordée de projectiles amorçait son ascension. En observant ce spectacle qui, malgré l'horreur de la situation, avait quelque chose de majestueux, Cantin sentit la panique prendre le dessus. Puis il remarqua que les Katéwans avaient levé leurs lances et restaient calmes devant la pluie de fer qui approchait rapidement, qui était si près maintenant… Une fraction de seconde avant que les premières flèches frappent, les créatures se mirent à faire tournoyer leurs lances dans les airs, produisant instantanément un voile alchimique bleuté au-dessus du groupe. Les flèches heurtèrent le bouclier comme s'il s'agissait de pierre et glissèrent le long du dôme de protection, suivant sa courbe jusqu'au sol. Cinq vagues connurent le même sort avant que les Basaltes stoppent leur action.

Dès que les archers eurent regagné les rangs, Isaya sut que l'assaut suivrait et dut prendre une profonde inspiration pour réprimer l'angoisse qui l'envahissait. Au fond, la situation n'était pas plus désespérée que lors de la bataille de la forêt de Nan. Sauf qu'à cette occasion, les Basaltes avaient tout de même eu le dessus : Cantin et elle s'en étaient tirés de justesse. Elle se consola en se disant que les Basaltes éviteraient probablement de les tuer : découvrir un Iséen et une Yprienne en terre d'Endée les surprendrait et ils voudraient certainement les interroger. Les Katéwans, eux, n'auraient pas cette chance…

La horde de Basaltes lança un beuglement agressif, terrible. Ce cri collectif dura un long moment. Pour Isaya, cela sembla un siècle. Puis, comme elle s'y attendait, les guerriers s'élancèrent, hurlant toujours. L'adolescente réagit en attrapant une flèche dans son carquois et en l'encochant, tout de suite imitée par son compagnon. Les Katéwans, qui avaient arrêté d'agiter leurs lances et laissé le bouclier alchimique se dissiper, pointèrent quant à eux leurs armes vers les attaquants.

La princesse n'avait jamais excellé au tir à l'arc. Elle était bonne, sans plus, mais dans de telles circonstances, la précision importait peu : le front des guerriers était compact, il lui suffisait de viser dans cette direction et elle toucherait la cible. Retenant son envie de laisser aller la corde tendue tout de suite, elle attendit, attendit que les Basaltes soient assez près. Quand ils ne furent plus qu'à une centaine de mètres, Cantin et elle lâchèrent prise. Leurs flèches jaillirent, puissantes. Ne s'attardant pas à suivre la trajectoire de son projectile, Isaya en saisit un autre. Il n'y avait pas une seconde à perdre : chaque flèche comptait. Ils ne pourraient en tirer que trois ou quatre chacun avant que la mêlée éclate, avant les atrocités du corps à corps.

À cet instant, pour Cantin, l'univers sembla ralentir. Il attrapait une flèche, ajustait, décochait, puis recommençait, percevant chaque seconde qui passait avec une très grande acuité. Très vite, toutefois, la vague irrépressible de Basaltes ne fut plus qu'à une dizaine de mètres de leur groupe, et il dut abandonner son arc pour dégainer son épée. Le rugissement des guerriers était maintenant assourdissant. À l'avant, les premiers Katéwans évitèrent avec agilité les coups des immenses claymores de leurs assaillants, plusieurs réussissant à atteindre les Basaltes de leur lance. Cantin aperçut même Uxly Tov renverser un guerrier paralysé d'un coup d'épaule et plonger un long couteau dans son torse ; mais la majorité des Katéwans n'eurent pas ce succès, ne parvenant qu'à engourdir un membre de leur opposant, sans pour autant le mettre hors de combat. Les guerriers tatoués répliquèrent brutalement. Du sang gicla. Des morts, encore et encore...

Cantin n'eut pas la possibilité d'observer cette débauche de violence, trop préoccupé qu'il était par la vue d'un énorme Basalte qui accourait vers Isaya et lui. Dressant son épée, il assura sa prise sur la poignée et planta ses bottes dans la terre, prêt pour le fracas des fers. Le colosse franchit la distance qui les séparait et, en parvenant à proximité de Cantin, lui asséna un lourd coup de claymore. L'adolescent bloqua la lame et sentit l'onde de choc parcourir ses bras. En fait, il faillit flancher. Si la princesse n'avait pas été là, cela aurait sûrement été le cas... Mais celle-ci vint à son secours en essayant de frapper le guerrier de son glaive. Le Basalte évita le geste en bondissant sur sa gauche. Ce faisant, il ouvrit son flanc à Cantin qui, appliquant toute la force qu'il lui restait, put atteindre son genou. L'articulation lâcha et l'homme perdit pied en grimaçant de douleur. Cantin vit alors Isaya diriger son arme vers le cou du guerrier, mais ne fut pas témoin de ce qui suivit car, soudain, son crâne résonna sous l'impact d'un heurt puissant. Il sentit ensuite une intense brûlure, puis s'évanouit en s'écroulant.

Lorsqu'elle aperçut son compagnon s'effondrer, Isaya retint son mouvement en direction du Basalte, pour faire face à la menace la plus urgente. Un autre

homme, dont les joues étaient recouvertes de tatouages en forme de demi-lunes, se tenait derrière le corps
inerte de Cantin, brandissant une épée courte d'une
main et une masse de l'autre. Dans un geste désespéré,
la jeune fille tenta de se retourner et de ramener son
glaive entre elle et l'assaillant. C'était peine perdue. La
masse se dirigea en arc vers sa tête. Il n'y avait plus rien
qu'elle pouvait faire pour l'esquiver, il ne restait plus
qu'à attendre le coup... Qui vint rapidement, trop
rapidement... Et ce fut l'obscurité.

▲ ▼ ▲

Un mouvement de roulis. Une cuisante douleur à
la nuque. Et une odeur musquée. Voilà quelles furent
les sensations qui s'emparèrent d'Isaya quand elle sortit
de l'inconscience. Son premier réflexe fut d'essayer de
bouger, mais elle en fut incapable : ses chevilles et ses
poignets étaient liés. Où se trouvait-elle ? Elle était
couchée sur le ventre, la tête vers le bas. Un cheval...
On l'avait jetée sur le dos d'un cheval. La princesse
ouvrit les yeux, mais ne perçut que l'obscurité. Puis sa
vision s'ajusta et elle vit des ombres floues. Se concentrant sur son ouïe, elle discerna le bruit de la colonne
de Basaltes qui cheminait et le cri d'une chouette,
au loin. La nuit était venue... Combien de temps

avait-elle été dans les limbes ? Quelques heures, tout au plus. Et Cantin ? Où était Cantin ?

En tournant la tête, Isaya découvrit près d'elle une présence étonnante : un Katéwan ! Comme le visage de la créature était orienté du côté opposé, elle ne put au premier abord distinguer grand-chose. Mais un bref éclat de lumière provenant d'une torche survint et elle eut l'impression de reconnaître Uxly Tov. Pourquoi les guerriers l'avaient-ils épargné ? Pourquoi l'avaient-ils fait prisonnier ? Les images que les Katéwans leur avaient présentées n'avaient-elles pas clairement démontré que les Basaltes étaient sans pitié avec eux ? Tant de questions… Et Cantin ? Cantin était-il seulement encore en vie ?

— Cantin ? Cantin ? Est-ce que ça va ? Cantin ! cria-t-elle, terrifiée devant la possibilité d'avoir à affronter les événements sans lui.

Seul le bruit des chevaux et des hommes cheminant dans la forêt lui répondit.

— Cantin !!! hurla-t-elle encore plus fort, paniquée.

Cette fois, il y eut une réplique. Faible. Mais il y eut quelque chose. Le garçon était vivant !

— Je suis là, Isaya… l'entendit-elle répéter à deux reprises.

Au moment où elle s'apprêtait à reprendre la parole, Isaya remarqua une silhouette qui bougeait, à l'arrière, près de l'endroit d'où lui était parvenue la voix de son compagnon. Il lui sembla voir le Basalte lever un bras, puis il y eut un bruit mat. Isaya sut alors qu'il avait assommé Cantin à nouveau… Un pressentiment atroce en travers de la gorge, la jeune fille pivota la tête, juste à temps pour apercevoir le guerrier qui guidait son cheval agiter à son tour un objet contondant…

Tandis que l'arme fonçait vers elle, les réflexions affluèrent dans l'esprit de la princesse, toutes plus dérangeantes les unes que les autres. Se pouvait-il que leurs efforts se soldent par un échec, maintenant qu'ils étaient si près du but, si près de parvenir à contrecarrer la puissance des armes alchimiques et, ainsi, à sauver Ypres et Isée ? D'ailleurs, pourquoi avait-il fallu que son père et le marquis de Chamel exportent la guerre jusqu'en terre d'Endée ? Car elle était à présent sûre que ces derniers étaient à la source de cette invasion par les Basaltes… Il ne pouvait en être autrement. Cela signifiait donc que les guerriers tatoués la rendraient à son père et à sa colère, et qu'elle ne pourrait plus faire quoi que ce soit pour désamorcer ses plans machiavéliques… En outre, si les Basaltes avaient récupéré leurs bagages, cela voulait aussi dire qu'ils rapportaient la clef qui permettrait d'ouvrir la portion de la Voûte des mages située du côté d'Ypres… Isée ne pourrait même plus mettre ses plans à exécution et envahir le royaume des mers afin de contenir la violence et de forcer la paix.

La Septième Guerre serait une vraie guerre, une guerre alchimique, une guerre dévastatrice et meurtrière.

Quand la masse frappa son crâne, Isaya se jura que jamais elle ne cesserait de porter l'idéal de la Grande Réconciliation, quoi qu'il advienne. L'idée d'avoir failli, de ne pas avoir mené ce rêve à terme lui était intolérable. Elle était princesse d'Ypres, héritière du trône, c'était son devoir et elle se battrait pour la paix tant qu'elle le pourrait. Même si cela signifiait y laisser son dernier souffle.

Fiches d'exploitation pédagogique

Vous pouvez vous les procurer sur notre site Internet à la section jeunesse / matériel pédagogique.

www.quebec-amerique.com